KB042937

거행

귀행 2

초판 1쇄 인쇄일 2014년 6월 20일 ｜ **초판 1쇄 발행일** 2014년 6월 23일

지은이 손연우 ｜ **펴낸이** 곽중열 ｜ **담당편집 팀장** 이범수
편집부 신연제 이윤아 김호성 김은경

펴낸곳 (주)조은세상 ｜ **출판등록** 제 2002-23호
주소 경기도 연천군 미산면 청정로1355
TEL 편집부 02)587-2966 ｜ FAX 02)587-2922
e-mail bukdu@comics21c.co.kr

ⓒ손연우 2014
ISBN 979-11-5512-523-6 ｜ ISBN 979-11-5512-521-2(set) ｜ 값 8,000원

NEO ORIENTAL FANTASY STORY

손연우 신무협 장편소설

②

검생

북두
㈜조은세상

귀행 2

NEO ORICNTAL FANTASY STORY

CONTENTS

第 1 章

第 1 章.

1

서문평의 말인즉슨.

초난희가 천기를 살피는 그런 사람이라는 건데.

호리병을 준 일도 그렇고, 만리추종향도 너무 유용하게 잘 썼다. 마치 짜맞춘 듯이 말이다. 우연의 일치라고 하기엔 너무 공교로웠다.

월이라고 음각된 비수는 또 어떠한가.

초난희는 독고월의 손에 들리게 되는 것을 암시하는 말까지 남겼다. 덕분에 머릿속에 혼란만 가중됐다. 그냥 귀신에 홀린 것으로 치부하고, 목숨 빚만 갚고 길을 떠나면 되는 일이었다.

귀찮은 건 딱 질색이었으니까.

한데 작금의 사태는 독고월을 자꾸 휘말리게 하였다. 그것도 아주 안 좋은 쪽으로 말이다.

고웅과 막수, 그리고 그 뒤에 있는 놈들만 처단해주면 끝이라 여겼는데.

상황은 갈수록 점입가경이었다.

초난희.

모든 사건의 발단인 그녀가 있어야 했다.

귀신이라도.

쾅!

초난희가 머물던 처소 문을 걷어찼지만, 어디에도 그녀는 없었다. 음울한 공기와 이가 빠지고 누렇게 때 탄 찻잔만이 덩그러니 놓여있었다.

끼익, 끼익.

기척이라곤 떨어져 나갈 것 같은 문짝이 내는 소리가 유일했다.

혹시나 싶은 마음에 독고월이 기감을 넓혔다.

"제길!"

멀지 않은 곳이다.

스무 명이 넘는 여인들의 기척이 느껴졌고, 그나마 다른 기척은 사람들의 등장에 놀라 도망가는 들짐승 것이었다.

이곳 화전민 촌엔 아무도 없었다.

귀신이라면 하다못해 지난 한 달처럼 나타나든지 해

야지.

갑자기 왜 종적을 감춘 걸까? 아니, 정말 만나기는 했던 걸까? 장자가 꿨다는 나비가 되는 꿈처럼 현실과 꿈의 구별이 안 되었던 걸까?

물론 꿈으로 치부하기엔 지난 한 달간은 너무 현실감이 넘쳤다.

독고월은 초난희의 처소를 뒤지기 시작했다.

장부터 해서 침상 밑은 물론 책장까지.

우당탕탕.

미친놈처럼 휘저어댔다.

그녀가 감추었던 식기들 하며, 서적들, 낡디낡은 젓가리개가 차례로 모습을 드러냈다. 그녀가 숨겼던 위치에서 말이다.

도저히 평정을 유지할 수가 없었다.

"에구머니, 이게 대체 무슨 난리래요?"

경악한 곽씨가 독고월을 두려운 눈으로 바라봤다.

이해할 수 없는 해괴한 짓거리를 해대니 당연한 반응이었다.

독고월이 중얼거렸다.

"탕약. 그래, 탕약을."

뒤이어 들어온 여인들의 표정 또한 별반 다를 게 없었다.

오직 서문평만이 걱정을 담아 물어왔다.

"혀, 형님. 소제가 쓸데없는 소리를 해서 심기가 불편해 지신……!"

"비켜라."

독고월은 서문평을 밀치며 밖으로 나갔다. 밖으로 나가려던 독고월이 멈칫했다. 그러고 보니 초난희가 탕약을 달이는 모습을 본 적이 없었음을 떠올린 것이다.

독고월이 곽씨에게 물었다.

"탕제실이 어디냐?"

"네, 네?"

갑작스러운 물음에 곽씨가 머뭇거렸다. 그러다 독고월의 시선에 얼른 답해줬다.

"나가셔서 왼쪽으로 가시면 있어요."

"형님……."

서문평이 말을 걸려고 했지만, 독고월의 굳은 표정에 속으로 삼켰다.

독고월의 신형도 이미 사라졌다.

쾅!

탕제실 문을 걷어찬 독고월이 주위를 둘러봤다.

탕제 도구에 뿌옇게 쌓인 먼지가 눈에 들어왔다.

역시나 탕약을 달인 흔적이라곤 조금도 없었다.

그렇다면 독고월이 마신 것도 모자라 대호까지 마신 탕약은 어찌 설명해야 할까.

"제길……!"

답답한 마음에 버럭 성을 내려던 독고월.

무언가 시선을 잡아끌었다.

천으로 빈틈없이 밀봉된 단지와 반쯤 열린 단지들.

쨍그랑.

독고월이 그 중 하나를 잡아채 바닥에 내동댕이쳤다.

좌아아악!

단지가 깨지면서 바닥을 삽시간에 물들이는 검은 액체.

색과 끔찍한 냄새로 말미암은 그것의 정체는 탕약이란 걸 금방 알 수 있었다.

독고월은 인상을 그었다.

쌓인 먼지로 보건대 족히 일 년은 넘은 것들이었다.

뚜껑이 열린 단지를 들어 흔들어봤다.

찰랑찰랑.

절반도 채 없었다. 가볍기 그지없는 단지를 내려놓자, 그제야 빈 단지들이 눈에 들어왔다.

"크윽."

욕지기가 치밀어올랐다. 마음 같아서는 목구멍에 손가락이라도 집어넣고 싶었다.

"제기랄! 나와, 귀신이라면 모습이라도 드러내라고!"

독고월이 정신 나간 사람처럼 외쳐댔다. 하지만 이곳엔 아무도 없었다.

사람이 없자 주인 된 거미들과 날벌레들만이 유일했다.

독고월이 발을 굴렀다.

콰아앙!

밖으로 뛰쳐나간 독고월 덕에 탕제실의 한쪽 벽면이 무너졌다.

난리 통이 된 탕제실.

그곳에 들어온 서문평과 곽씨의 표정은 창백하기 그지없었다.

서문평이 따라나가려 하자, 곽씨가 막아섰다.

"도련님, 위험해요. 지금 감정이 격앙되신 상태세요."

"아니오, 형님은 지금……!"

말하던 서문평이 도리질 쳤다.

"초난희, 나오라고오오!"

밖으로 나간 독고월의 성난 포효는 계속됐다.

곽씨의 말대로였다.

콰앙!

독고월이 뻗어낸 장력에 모옥 한 채가 날아갔다.

사람 대신 먼지만 풀풀 날렸다.

우르르.

무너진 집에 집기들이 부서지는 소리만이 들렸다.

"안 나오면 화전민 촌을 통째로 갈아엎겠다!"

독고월의 포효가 쩌렁쩌렁 울려 퍼졌다.

산중의 메아리만 울릴 뿐 그녀는 나타나지 않았다.

"좋다!"

독고월은 일갈하며 일장을 뻗었다.

초난희가 머물었던 모옥을 향해서다.

막 탕제실 밖으로 나온 서문평과 여인들이 대경실색했다.

"형님, 고정하십시오!"

서문평이 말리려고 목소리를 높였지만.

콰아아앙!

초난희가 머물던 모옥이 독고월이 쏘아낸 경력에 휩쓸렸다.

단 일 장에 모옥이 통째로 날아간 것이다. 초난희가 머물던 흔적과 함께.

물론 초난희는 코빼기도 비치지 않았다.

"이래도 안 나올 것이냐? 좋다, 내 정녕 이 마을 자체를 통째로 갈아엎는 걸 보겠다는 거지!"

독고월이 보인 섬뜩한 미소에 여인들은 불안에 떨었다.

한다면 정말 하는 작자로 보였다.

이대로 가다간 그녀들의 터전이 폐허가 된다.

"아, 안 돼요!"

눈물이 얼룩진 얼굴로 달려온 곽씨, 독고월 앞에서 주저앉았다.

"제, 제발 고정하세요! 공자님, 이 마을이 없어지면 저흰 어찌 살라는 겁니까? 으흐흑!"

"……."

막 기세를 끌어올려 화전민촌의 모옥들을 쓸어버리려던 독고월이 멈칫했다.

여인들이 얼른 달려와 독고월 앞에 부복했다.

"흑흑, 용서해주세요. 저희는 이곳이 없어지면 갈 데가 없어요."

"공자님, 제발 저희를 용서해주세요. 엉엉!"

"공자님, 공자님!"

독고월은 오열하는 그녀들을 보고는 차마 장력을 떨쳐 낼 수가 없었다.

"형님! 불민한 소제 아니, 우제의 말에 심기가 상하셨다면 제게 풀어주십시오. 가녀린 소저들이 살아갈 터전입니다. 형님의 분노는 제가 감당하겠습니다."

서문평마저 다가와 무릎을 꿇었다.

독고월이 짧게 혀를 찼다. 가중된 혼란에 분을 못 이겨 무도하게 굴었음을 깨달은 것이다. 자신이 모르는 무언가에 좌지우지되는 더러운 기분 때문이라지만, 확실히 심했다.

화전민촌은 그녀들이 내는 오열 소리로 가득 찼다.

"……."

독고월이 주위를 둘러봤다. 운무가 그득했던 지난 모습과 달리 햇빛이 들어찬 이곳의 분위기는 사뭇 달랐다.

그가 머물렀던 장소이되 그 장소가 아니었다.

그럼에도 한낱 미몽으로 치부하기엔 증거들이 존재했다.

은백양의 부러진 나뭇가지가 그중 하나였다.

독고월이 자신을 잃은 이유도 여기에 있었다. 도대체 상황이 어찌 돌아가는지 종잡을 수가 없던 것이다.

남궁일과 관련된 일은 내막을 알고 있었기에 여유를 부릴 수가 있었다.

하지만.

초난희와 관련된 일은 생각할수록 수렁 속에 빠져드는 느낌이었다. 이제까지 초난희가 자신에게 했던 말들이 진실인지 거짓인지 모호했다.

그나마 확실한 건 초난희의 생사였는데.

"죽은 게 분명……!"

독고월의 눈빛이 번뜩였다. 그리곤 손을 뻗었다.

휘익!

서문평의 두 눈이 휘둥그레졌다. 갑자기 제 몸이 독고월 쪽으로 끌려가서다.

덥석.

멱살을 잡은 독고월의 냉랭한 눈빛에 서문평은 숨도 못 쉬었다. 그저 넋 놓고 바라만 봤다.

여인들은 두려움에 젖어 덜덜 떨었다.

히끅, 히끅!

놀랐음을 보여주는 서문평의 딸꾹질.

독고월은 자신이 애를 상대로 심했음을 깨닫고 쥔 멱살을 놓아줬다.

털썩.

땅에 떨어진 서문평이 그대로 주저앉았다.

"혀, 형님."

"물을 게 있다. 대답에 추호의 거짓도 없어야 할 것이다. 그렇지 않으면······."

"네?"

광망이 번뜩이는 독고월의 눈동자에 서문평은 흠칫했다. 아수라를 마주한 것 같았다. 무미건조한 그의 어조가 귀를 후벼 팠다.

"초난희의 주검을 네 손으로 직접 묻었느냐?"

"어찌 그걸 물으시는지······!"

"대답만!"

추상같은 호통에 서문평의 안색이 하얗게 탈색됐다. 부들거리는 입술을 겨우 뗐다.

"아, 아닙니다."

"뭐라? 그럼 누가 그녀의 주검을 묻었다는 것이냐!"

서릿발 같은 기세에 서문평이 질린 얼굴로 겨우 대답

하였다.

"이, 이미 봉분이 만들어져 있었습니다. 다른 분들은 제가 묻었지만……혀, 형님!"

파앙.

땅을 박찬 독고월의 신형은 이미 사라져 있었다.

화전민촌의 봉분이 모여있는 장소에 모습을 드러낸 독고월.

그곳을 둘러보는 시선에 사냥꾼 허씨가 가리켰던 아담한 봉분이 잡혔다.

분명 초난희의 봉분이라고 했다.

만약 허씨가 묻은 거라면 저 봉분 안에 초난희가 있어야 했다.

"확인해보지."

독고월이 손을 뻗자 허공으로 흙더미가 흩날렸다.

잠시 후.

서문평과 그녀들이 헐레벌떡 뛰어왔다. 독고월의 말속에서 읽힌 불안감 때문이었다.

아니나 다를까.

독고월은 파헤쳐진 봉분 앞에 서 있었다.

서문평의 안색이 새파랗게 질렸다.

"혀, 형님!"

"공자님, 이 무슨……꺅!"

"아, 아무리 화가 나도 그렇지! 어, 어찌 이러십니까? 흐윽!"

죽은 자의 무덤을 파헤치는 천인공노할 짓에 여인들이 눈물을 흩뿌렸다.

"……."

독고월이 고개를 돌렸다.

눈물을 흩뿌리는 그네들의 시선에 황당함이 읽혔다.

하지만 독고월만 할까?

파헤쳐진 봉분 속엔 아무것도 없었다.

2

눈빛이 번뜩이는 동시에 흑의무복이 펄럭였다.

우우우웅!

전신을 도도히 흐르던 내공이 범람했다.

파앙!

발을 구른 독고월의 신형이 하늘 위로 쏘아졌다.

배경이 뒤로 쭉쭉 밀렸다.

칼날 바람이 전신을 난도질했다. 호신강기가 아니었다면 눈은 물론이거니와 피부와 의복은 넝마가 됐을 터.

우르르릉!

마른하늘에 날벼락 치는 소리가 들렸다.

찰나가 흘러.

쿠우웅.

걸어서 올라가는 게 불가능한 절벽 위에 분진이 일었다.

독고월이 먼지바람을 헤치고 모습을 드러냈다.

이 짧은 섬전행에도 소모된 내공이 제법이었지만, 단전에서 용솟음쳐 오르는 내공이 그 빈자리를 메꿔줬다.

독고월은 끓어오르는 진기를 갈무리하며 거닐었다.

남궁일이 최후를 맞이했던 장소.

그곳에 다시 온 것이다.

남궁일이 피를 흩뿌렸던 바위산은 괴괴한 침묵만 감돌았다.

"……!"

독고월의 눈동자가 잘게 흔들렸다.

남궁일의 부러진 애검이 사라져 있었다. 초난희의 송장처럼 말이다.

"이 무슨 해괴한 일이란 말인가."

만약 그게 초난희의 봉분이라면 송장이 있어야 하는데, 텅텅 비었다.

숫제 말이 되질 않았다.

초난희가 죽어 귀신이 됐다면 그녀와 보낸 한 달이 어느 정도 설명이 된다.

해괴한 귀신놀음이라고 보면 되니까.

한데 초난희의 주검이 사라져 있었다.

애초에 그녀는 정말 죽긴 한 걸까? 자신이 본 화전민촌의 참사 장면이 사실이긴 한 걸까?

털썩.

독고월은 꼬리에 꼬리를 무는 혼란에 주저앉았다. 그저 녹림도에게 원한을 품은 처녀 귀신이 자신을 홀린 거라 여기면 되는 문제였다.

원귀(冤鬼)가 이상한 능력을 발휘하는 예도 드물게 있었으니까.

독고월이 겪은 일도 그리 치부하면 되는데, 드러난 현실은 그게 아니라고 말해줬다. 좀 더 파고 들라고 손짓마저 하는 듯했다.

초난희를 처음 만났던 순간부터 지금까지의 일을 쭉 되짚어봤다.

운무가 가득했던 화전민촌.

그저 첩첩산중이라 별반 대수롭지 않게 여겼는데, 혹 진법이 아닐까 싶었다.

왜 강호엔 허상을 진실로 여기게끔 하는 기이한 진법들이 있다지 않은가.

그럼 지금도 진법 안이라는 소리다.

"그래, 그런 거다. 나도 모르게 진법에 빠져 기이한 일을 겪은 거지. 하하!"

독고월이 대소를 터트렸다.

웃음소리가 끝나기 무섭게 독고월의 신형이 사라졌다.

우르릉!

다시금 섬전행이 펼쳐진 것이다.

두 시진이 흘렀을까.

쿠웅.

바위산이 또 한 번 진동했다.

착지한 독고월의 고개가 서서히 들렸다. 드러난 구겨진 얼굴이 말해줬다.

진법이 펼쳐진 게 아니란 걸.

천 리가 넘는 거리까지 진법이 펼쳐질 일도 없었고, 독고월을 빠져나가지 못하게 하려는 기이한 기의 흐름이나 풍경변화도 없었다.

"……."

이젠 인정해야 했다. 독고월이 죽은 남궁일 대신 이 몸을 차지한 일처럼, 초난희와 관련된 일도 말로 설명할 수 없다는 사실을.

해가 붉게 타오르며 서산으로 몸을 숨기고 있었다.

밤이 온다.

독고월이 절벽 위에 섰다.

그의 시야가 미치는 멀지 않은 지점에 화전민촌이 있
었다.

그곳을 바라보는 독고월의 눈빛이 가라앉았다. 이젠 밤
이 되어 그녀가 나타나길 기다리는 수밖에 없었다.

"……."

독고월은 절벽 위에서 붉은 낙조가 사라지는 걸 바라보
고 있었다.

어두컴컴해진 모옥에 불이 하나둘 들어왔다.

밥이라도 짓는지 연기도 피어올랐다.

그녀들이 켠 불에 화전민촌에 활기가 감돌았다.

서문평이 찾는 소리도 들렸지만, 독고월이 대답해줄 리
만무했다.

그저 기다리고 또 기다렸다.

첩첩산중에 마침내 밤이 찾아오자 분위기가 사뭇 달라
졌다.

서늘한 바람 속에 풀 내음이 실려왔다. 옅은 노린내도
함께.

아오오오.

바람이 우는 소리가 아니었다.

독고월의 눈빛에 이채가 흘렀다.

어둑해진 바위산 곳곳에 샛노란 불들이 하나둘 생겨
났다.

24

껌뻑이는 노란 불빛에 담긴 건 살의였다.

독고월의 주위로 서서히 다가오기까지 한다.

"후후."

조소가 절로 나왔다.

원수는 외나무다리에서 만난다더니 딱 그 짝이었다.

어느새 독고월을 포위한 늑대들이 날카로운 송곳니를 드러냈다.

으르르.

그렇지 않아도 잘됐다. 가뜩이나 심사가 꼬였는데 말이다. 독고월은 팔의 소매를 걷어붙였다.

기세만 살짝 보여도 늑대들은 줄행랑을 쳐댈 것이다.

독고월은 그러지 않기로 마음먹었다.

화풀이가 필요했는데, 그에게 송곳니를 들이댔던 개 같은 놈들이 나타났다.

그야말로 너 잘 만났다였다.

늑대들은 침을 질질 흘렸다. 눈앞의 인간에게서 느껴지는 기세는 전무했다. 날붙이 하나 안 들고 있는 유약한 인간이었다.

그 인간이 주먹을 말았다 쥐었다 한다.

가소롭다.

으르르.

늑대들이 히죽 웃는 것만 같았다.

독고월은 코웃음 쳤다. 적수공권이지만 자신은 과거와
달랐다.

물론 단숨에 끝장낼 생각은 없었다.

말 못하는 금수를 상대로 전력을 다하는 후안무치한 짓
을 하고 싶지 않을뿐더러, 이 갈 곳 없는 분노를 누군가에
게는 풀어야 했다.

우드득.

양손을 깍지껴 푼 독고월의 눈빛이 흉흉하게 빛났다.

"지난번엔 이 내가 신세 좀 졌지?"

말 못하는 짐승을 상대로 화풀이나 하려는 주제에 도리
를 찾는 말이 참 우습다.

독고월의 주위로 떠오른 수십 개의 불빛이 낮게 가라앉
았다.

으르르르.

사방에서 들려오는 성난 그르렁거림.

독고월이 비장하게 외쳤다.

"개 패듯이 패주마!"

커어어엉!

새로이 우두머리가 된 덩치 큰 늑대의 포효를 신호로.

늑대들이 사방에서 달려들었다.

"이야아아압!"

독고월의 양 주먹도 미친 듯이 휘둘렸다.

물어뜯고, 치고, 내팽개치고 등등.

말 그대로 개판이 벌어진 것이다.

3

최상의 몸 상태와 극에 다른 감정상태.

늑대들을 상대하는데 일각이 채 걸리지 않았다.

한차례 푸닥거리를 끝내고 나니 머릿속이 조금은 맑아진 느낌이었다. 날아드는 가죽 북을 일일이 쳐내는 손맛이 꽤나 좋은 덕분이다.

깨깨갱!

초절정 무인에게 흠씬 얻어터진 말 못하는 금수들이 줄행랑을 치고 있었다. 그래도 한 가닥 자비심은 있었는지 죽은 늑대는 없었다.

당분간은 이 근처에 얼씬도 하지 않으리라.

탁탁.

가볍게 손을 턴 독고월이 밤하늘을 올려다봤다.

창백한 달빛이 눈동자에 맺혔다.

스릉.

독고월이 허리춤에 매여있던 비수의 날을 빼들었다. 노리개치고 예리한 날이 눈에 들어왔다.

척 보기에도 값이 나가는 물건이었다.

혹 무언가 남긴 게 있는지 샅샅이 살폈다.

아무리 눈에 불을 켜고 봐도 특별한 점은 눈에 띄지 않았다.

월(月)이라고 음각된 글자가 눈에 들어왔다.

혹시 이 비수에 원혼이라도 서려 있는 걸까? 왜 물건에 원귀가 깃드는 일도 종종 있잖은가.

독고월은 잠시 눈을 감아봤다. 그리고 두 눈을 번쩍 떴다.

"……."

특별한 건 없었다.

다시 눈을 감았다가 번쩍 뜨길 수차례.

평범한 비수에 불과했다. 뭐라도 특별한 게 있으면 좋겠는데, 눈을 하도 부릅떠서 눈꼬리만 아플 뿐이었다.

"도리 없지."

독고월은 한숨을 내쉬며 걸음을 옮겼다. 다시 절벽 위에 서자 화전민촌이 보였다.

몇몇 집을 제외하곤 불빛이 들어와 있지 않았다.

휙.

독고월이 십오 장 절벽 위에서 뛰어내렸다.

펄럭펄럭.

흑의무복이 세찬 바람에 휘날렸다.

경공술을 펼친 독고월의 신형이 달무리가 진 밤하늘을 갈랐다.

점차 확대되는 모옥은 독고월이 몸조리했던 곳이었다.

탁.

독고월이 모옥 앞에 가볍게 착지했다.

끼이익.

문을 밀어내고 안으로 들어섰다.

괴괴한 침묵만이 감도는 모옥 안은 을씨년스러웠다.

독고월은 초난희와 대화를 나눴던 의자에 앉았다. 그리곤 손가락으로 탁자를 두드렸다.

탁탁.

독고월은 가만히 기다렸다. 비수마저 탁자 위에 올려놨다.

일다경이 흘렀을까.

변함이 없었다.

사실 남궁일에게 기생하는 처지였던 독고월이 가장 잘 알았다. 사람은 절대 귀신을 보지 못했다. 지난 육십 년간 단 한 번도 자신을 본 사람이 없다는 것이 그 증거였다.

하면 독고월이 지난 한 달간 초난희와 함께했던 나날들은 뭐란 말인가.

그냥 화전민촌의 참사와 같은 환각으로 치부하기엔 너무 생생했다.

깊게 생각할수록 수렁 속으로 빠져드는 기분이다.

"됐다. 이제 그만 생각하련다."

독고월이 자리를 털고 일어났다.

덜컹.

느닷없는 소음에 놀랄 만도 했지만, 독고월은 예상했다는 듯이 고개도 돌리지 않았다.

이미 숨어있는 인기척을 느낀 지 오래였다.

"헤, 헤헤."

작은 인영, 서문평이 침상에서 기어나왔다. 침상 위에 이불보에 쌓인 먼지가 풀풀 날렸다.

독고월이 인상을 그었다.

서문평이 뒷머리를 긁적였다.

"형님에게 도움이 될 일이 없을까 해서 미리 조사차 왔었습니다."

"거짓말은 입 주위에 흥건한 침이나 닦고 하지."

서문평이 서둘러 소매로 입 주위를 닦아냈다. 침을 사발로 흘렸는지 소매가 금방 축축해졌다.

"이, 이건… 형님 걱정을 하다 깜빡 졸아서."

"애가 잘 시간이니깐 졸았겠지."

"……."

서문평이 벌게진 얼굴로 우물쭈물 댔다. 사실 지금도 잠이 쏟아져서 죽을 맛이었다.

침묵이 길어졌다.

독고월에게로 향해 있던 서문평의 고개도 꾸벅 꾸벅거려졌다.

독고월은 반쯤 감기려는 서문평의 눈을 지그시 바라봤다.

서문평이 화들짝 놀랐다. 순간 졸았다 깬 것이다.

"형님, 전 졸지 않았습니다!"

도둑이 제 발 저린다고, 딱 그 짝이다.

독고월의 눈빛이 착 가라앉았다.

열두어 살 치고 꽤나 왜소한 체형을 가진 아이다. 제 목숨 아까운 줄 모르고 망아지처럼 날뛰어대는 꼴이 심히 꼴보기 싫었지만, 한 마디의 아량 정도는 어른으로서 베풀어 줄 수 있었다.

"따라오면 죽는다."

"네, 네?"

서문평이 바짝 얼었다. 난데없는 사형선고를 들었으니 당연한 반응이었다. 졸음이 싹 달아났다.

독고월이 신형을 돌렸다.

후다닥.

서문평이 그 앞에 서서 짧은 팔을 벌렸다.

"어째서입니까, 형님?"

"……."

독고월은 대답 대신 발걸음만 옮겼다.

서문평은 비켜서지 않았다.

둥실.

"아!"

갑자기 몸이 번쩍 떠오르자 서문평이 당황했다. 독고월이 무형의 진기로 잡아챈 것이다.

작은 몸이 뒤로 휙— 날아갔다.

타앗.

서문평이 신형을 휘이 돌려 가볍게 착지했다. 날렵한 몸동작을 보니 무공 좀 익힌 티가 났다. 서문평이 또랑또랑한 눈빛으로 말했다.

"이러신다고, 소제가 겁이라도 먹고 물러설 줄 알았다면 큰 오산입니다."

슬쩍 고개를 돌린 독고월의 눈동자에서 푸른 귀화가 타올랐다.

"난 두 번 말하지 않는다."

그러면서 손을 휘둘렀다. 무언가를 던진 것이다.

휙.

서문평이 반사적으로 손을 뻗어 그걸 낚아챘다. 동그란 눈동자가 더욱 동그래졌다.

초난희의 비수다.

"이, 이건… 형님!"

서문평이 고개를 들었을 때 독고월의 신형은 이미 사라
졌다.

파앙!

밖으로 나온 독고월이 땅을 박찼다.

순식간에 밤하늘이 확대됐다.

휘이잉.

서늘한 밤바람이 전신을 감쌌다.

"복잡한 건 딱 질색이지."

독고월은 초난희를 머릿속에서 지워내기로 마음먹었다.
이제는 그녀에 관한 건 생각하지 않기로 했다. 그녀가 죽
었든 살았든 자신이 상관할 바가 아니었다.

그녀가 했던 말과 행동들도 머릿속에서 모두 지워냈다.

그녀의 스승이고 나발이고.

초난희는 초난희, 독고월은 독고월이었다.

골치 아프게 하는 건 사절이다. 아무리 힘이 생겨 마음
이 달라졌다고 해도 뭔가 꿍꿍이가 있는 일엔 나서고 싶지
않았다. 그게 독고월의 목숨을 살린 이라고 해도.

"하하."

밤하늘에 뜬 달이 시야를 꽉 메웠다.

─소제가 화전민촌에서 하룻밤 묵었을 때, 초 누님이 소
제한테 그랬습니다! 강호를 찬란하게 비추던 창천의 해가

저물면, 오롯이 떠오른 고고한 달이 세상을 도로 밝힐 거라고!

"개소리."
비웃음이 절로 나왔다.

―처음엔 그게 무슨 말인 줄 몰랐지만, 초 누님이 그랬습니다. 월(月)이라 쓰인 비수를 가지고 있는 분이 바로 그 고고한 달님이라고!

"난 아니지."
그 부정 탈 물건은 자신의 손에 없으니까.
유치하기 짝이 없는 헛소리의 주인공은 가슴 속에 의혈이 들끓는다는 그 애송이가 하면 되겠다.
우르릉!
천둥소리와 함께 독고월의 신형은 그대로 사라졌다.

4

모옥에 홀로 남게 된 서문평은 비수를 만지작거리고 있었다.

"······."

월이라고 음각된 부분을 손가락으로 가볍게 쓸었다. 곧 서문평이 밖으로 나왔다.

곽씨를 비롯한 여인들은 이미 나와 있었다. 난데없는 천둥소리에 불안했나 보다.

"도련님, 떠나시려나요?"

"······."

서문평은 고개를 작게 끄덕였다.

곽씨가 다가와 서문평을 안아줬다.

"공자님을 따라가시는 거겠죠? 좋은 분임에는 분명하지만, 도련님에게 험하게 구실까 봐 걱정돼요."

"그런 분이 절대 아니시오."

서문평이 고개를 도리질 쳤다.

여인들은 하나같이 걱정이 인 눈초리였다.

낮에 보여준 독고월의 모습은 확실히 정상과는 거리가 멀었다.

곽씨가 한숨을 내쉬었다.

"어찌 그리 장담하시나요?"

"초 누님이 말씀하신 분이 틀림없으니까."

"······."

곽씨가 우울한 표정을 했다. 다른 여인들의 표정 또한 별반 다를 것 없었다.

서문평은 곽씨의 어깨를 두드려주고 싶었지만, 팔이 닿질 않았다. 대신 작은 손으로 곽씨의 손을 매만져줬다.

곽씨의 눈에서 눈물이 아른거렸다.

"저희가 초 의원님이 하셨던 말들을 믿고 진즉에 이주했더라면 이렇게 참혹한 일을 겪지 않아도 됐을 텐데요."

"본인 또한 삶의 터전을 버리는 것이 쉬운 일이 아니란걸 잘 아오."

다른 여인이 바락 소리쳤다.

"하지만 그랬어야 했어요. 저희가 초 의원님의 말을 믿지 않고 따돌렸기 때문에 이런 사달이 벌어진 거라구요! 초 의원님의 말만 들었어도……!"

"사람이 어찌 앞날을 내다보고 행동을 하겠소."

"초 의원님은 그런 분이었잖아요!"

또 다른 여인의 말에 서문평이 안 어울리게 한숨을 내쉬었다.

"이미 지난 일이오."

"도련님."

곽씨가 눈물을 흘리자 사방에서 울먹이는 소리가 들려왔다. 치미는 후회를 참아낼 길이 없었다.

-스승님께서도 말씀하셨듯이 이곳을 떠나시는 게 어떠신가요?

초난희가 화전민촌의 사람들을 모아놓고 말했지만, 당시엔 콧방귀만 껴댔다.

-무슨 말도 안 되는 소리를 합니까? 삶의 터전을 버리라니 아무리 초 의원의 말이라고 해도 믿을 수가 없구려.

-부디 재고……!

-객쩍은 소리 그만하라고 했다! 어디서 말도 안 되는 소리를 지껄이는 것이냐!

허씨가 소리를 질러댔다. 그렇지 않아도 초난희에게 좋지 않은 감정을 가진 그였다. 타지에서 온 그녀와 그녀의 스승에게 텃세를 부린 적이 있었다. 초난희의 스승에게 흠씬 두들겨 맞았고, 줄곧 앙심을 품게 된 것이다.

-그래야만 합니다.

-시끄럽대도! 어디 어린 것이 건방지게 어른이 말씀했는데도! 그 입 다물지 않으면 내 가만두지 않을 테다!

분개한 허씨가 당장에라도 달려들 듯이 굴었다. 스승도 없으니 잘 됐다 싶은 것이다.

평소와 달리 사람들도 이번엔 말리지 않았다. 자꾸 터전을 버리고 떠나야 한다고 하니 반발심이 커진 탓이다. 이미 나랏법을 피해 도망온 그들이었다.

어디 갈 데가 있단 말인가.

만약 그간 초난희가 베푼 선행이 아니었다면, 진즉 험한 꼴을 당했을 것이다.

초난희를 아꼈던 장씨는 물론, 그녀에게 반했던 마을 청년들마저 고개를 흔들며 외면할 정도였다.

기다렸다는 듯이 여인들이 신랄하게 퍼부었다. 마을 청년들의 마음을 모조리 가져간 초난희에 대한 질투심 때문이었다.

-그간 우리에게 무상으로 의술을 펼쳤던 것도 다 속셈이 있는 거 아니야?

-그러게 말이야. 이곳에 금맥이라도 발견됐나 보지? 저리 말도 안 되는 말로 우리의 터전을 뺏으려는 걸 보면, 누군가의 사주를 받은 게 분명해.

-아니면 우리를 관아에 넘겨 포상금이라도 받아낼 속셈인 걸지도!

초난희는 고요한 신색으로 고개를 가로저었지만, 이미 그녀들이 내뱉은 말들을 사실처럼 여겨지고 있었다.

허씨가 건들거리며 다가왔다.

-그간 주위에서 선녀다, 예쁘다 해주니까. 제 년이 정말 그런 줄 알았지?

그러면서 초난희의 늘씬한 몸매를 아래위로 쓸어본 허씨였다.

여인으로서 치욕이 느껴질 만한 시선이었지만, 초난희는 그것보다 다른 이들을 걱정하였다.

-장씨 아저씨, 다시······!

휘익!

계속해서 자신을 무시하자 성난 허씨가 초난희에게 따귀를 올려붙이려 했다.

하지만 생각으로 그쳐야 했다.

서문평이 검집으로 허씨의 손목을 딱! 소리 나게 쳐낸 것이다.

-누님에 대한 무례는 내 용서치 않을 것이오.

작달막한 어린애의 말에 허씨는 얼굴을 붉혔다.

이 건방진 어린놈이!

또랑또랑한 눈망울이 매우 만만하게 보였지만, 무공을 익힌 서문평이었다. 마을 제일 사냥꾼이라곤 하나, 필부에 불과한 허씨가 어찌해볼 수 있는 상대가 아니었다.

허씨가 눈에 독기를 품었다.

-크윽.

서문평은 담담하게 마주 올려다봤다. 초난희의 앞에서 팔짱을 꼈다.

엄정한 표정을 지어 보이지만, 여전히 귀엽다.

그게 더 허씨의 기분을 상하게 했다. 허씨가 활을 움켜쥐었다.

초난희가 씁쓸히 미소 지었다.

-평아, 그러지 마.

-아닙니다, 누님. 제가 지켜드리겠습니다.

순후한 눈망울로 인상을 써보지만, 찡그린 눈매는 귀엽기만 할 뿐이었다.

허씨가 버럭 성을 냈다.

—아주 두 어린 연놈이 죽이 척척 맞는군! 분명 우리를 쫓아내서 터전을 빼앗을 셈이야. 그렇지 않소, 여러분!

허씨의 말에 호응해주는 이들도 있었지만, 대다수 사람은 침묵했다. 그럼에도 평화로운 마을에 이런 사달을 일으킨 걸 못마땅해하는 기색이 역력했다. 삶의 터전을 옮기라는 말은 도저히 받아들일 수가 없었던 것이다.

—허씨, 자네도 그만 가게나. 초 의원, 이제 그만 하시게. 오늘 들은 말은 내 못 들은 걸로 하겠네.

장씨의 선언을 끝으로 사람들은 각자의 집으로 들어갔다.

허씨도 혀를 차고는 초난희를 잠시 노려보았다. 그러다 별수 없었는지 제집으로 향했다.

여인들을 진정시켜 돌려보내던 곽씨가 잠깐 둘을 봤지만, 이내 고개를 저으며 들어갔다.

공터엔 초난희와 서문평 뿐이었다.

팔짱을 끼고 있던 서문평이 후아~! 하고 숨을 내뱉었다. 내심 사람들이 달려들면 어쩌나 하고 걱정했었다.

스윽.

제 머리를 매만지는 손길에 서문평이 고개를 등 뒤로 젖혔다.

고개 숙인 초난희가 가라앉은 눈빛으로 물었다.

-평아, 넌 내 말 믿니?

-물론입니다! 누님의 눈을 보면 알 수 있습니다. 거짓말
하는 사람이 아니란 것을.

순수한 서문평의 조건 없는 호의.

-…정말 고맙구나.

초난희가 뒤에서 서문평을 와락 껴안았다.

서문평이 부끄럽다는 듯이 헤헤거렸다.

초난희가 서문평에게 속삭였다.

-그럼 부탁 하나만 들어줄래?

-뭡니까? 누님.

-이곳을 떠나. 넌 이곳에 있으면 안 돼.

-네? 그게 무슨 소리입니까?

-만약 너마저 이곳에 있으면 난…….

-그럴 수 없습니다. 누님, 제가 지켜드리겠습니다. 어째
서 누님이 이렇게 걱정하는지 모르겠지만, 저만 믿으십시
오! 인의무적 남궁일 대협의 뒤를 이을 유일한 후계자인
서문평이 지켜드리겠습니다.

순후한 눈망울엔 강한 의지가 넘쳐 흘렀다.

초난희가 조용히 고개를 가로저었다.

-그러면 안 돼.

회상에서 돌아온 서문평은 곽씨를 비롯한 여인들을 뒤로했다.

그녀들은 같이 있는 게 어떠냐고 제안했지만, 서문평은 그럴 수 없다며 거절했다.

아쉬워하던 그녀들은 서문평이 초난희와 하룻밤 보낸 뒤 홀로 길을 떠난 걸로 알았겠지만, 실상은 달랐다.

서문평은 초난희에 의해 마혈을 짚여 마차에 태워졌다.

–평아, 날 지켜준댔지?

서문평은 아혈까지 짚인 터라 말을 할 수가 없었다. 큰 눈만 끔뻑거렸다.

그 수긍의 의미를 본 초난희가 제안했었다.

–그럼 강해져. 일 년 동안 세가로 돌아가서 수련하렴. 그리고 일 년 뒤에 이곳으로 와. 그러면 누나가 말한 고고한 달님을 만날 수 있을 거야. 그리고 지켜줘.

마차의 문이 닫히는 틈새로 보이던 초난희의 미소, 그 화려함에 감춰진 쓸쓸함이 가슴을 아릿하게 만들었다.

–안녕, 평아.

비록 지켜주지 못했지만, 마지막으로 남긴 그 말만큼은 지킬 것이다.

서문평은 비수로 밤하늘의 달을 가리켰다.

분명 초난희가 말한 달님은 독고월일 것이다. 아니, 확신했다.

"기다리십시오, 형님! 소제가 갑니다!"

밤하늘의 달을 올려다본 서문평의 걸음은 호호탕탕 거침없었다.

第 2 章

第 2 章.

1

불야성을 이룬 대로 위를 거닐었다.

흥청망청 돈을 써대는 한량들과 고성을 지르며 서로 우격다짐을 벌이는 왈패들을 스쳐 지나갔다.

얼큰하게 취한 취객들을 대상으로 국수를 마는 노점상 옆에서 꽃을 파는 어린 소녀.

독고월의 눈빛이 그들에게 잠시 머물다 다시 밤하늘로 향했다. 밤하늘을 가로지르다가 술 생각이 나 이곳에 내려선 그였다.

복잡한 심경을 해소 할 작정이었는데, 막상 이 분주한 대로를 걷다 보니 괜히 내려왔단 생각이 들었다.

이왕 내친걸음이었기에 일단은 근처 기루로 향했다.

빙화루.

이 근방에서 제법 이름있는 고급 기루였는지 입구에 선 문지기의 기도가 범상치 않았다. 문지기나 하기에는 아까운 무위라는 생각이 들었다.

독고월이 입구로 들어서려 하자 그 사내가 앞을 막아섰다.

"찾으시는 일행이 계십니까?"

약관의 청년에게 보내는 정중한 물음만 봐도 이곳이 평범한 곳이 아니란 걸 잘 알겠다.

독고월은 고개를 저었다.

"그냥 발길이 닿는 대로 왔다."

초면에 반말부터 하는 독고월에 기분 나쁠 만도 했지만, 사내는 인상조차 쓰지 않았다. 침착한 눈길로 독고월을 응시했다. 그러다 한숨을 살짝 내쉬었다.

"오늘은 그 발길을 다른 곳으로 돌리는 게 좋겠습니다. 강호용봉회에서 통째로 기루를 빌리셨습니다. 이 대로를 따라 좀 더 가시면 청향루란 곳이 있습니다. 그곳의 술과 기녀들 또한 이곳에 뒤지지 않으니 이용하시는데 섭섭지 않을 겁니다."

어조는 무뚝뚝하나 친절함이 느껴졌다. 사람 보는 눈이 있는 건지 아니면, 쓸데없는 분란을 만들지 않으려는지 모르겠지만.

적어도 독고월의 기분은 썩 나쁘지 않았다.

"알겠다."

강호용봉회라는 후기지수 애송이들이 선객으로 왔다는데, 굳이 문제를 일으킬 필요가 없었다.

술 마실 데야 지천에 널렸으니까.

독고월은 선선히 물러섰다.

문지기 사내가 이해해줘서 고맙다는 듯이 눈인사를 했다. 눈이 번쩍 뜨일 정도로 잘난 미남자였다. 평소라면 손님으로 맞이하고도 남을 인물이었다. 그래서 휘적거리며 떠나가는 그의 등을 향해 덧붙여줬다.

"다음에 찾아주시면 저희 빙화루의 간판기녀 금희가 버선발로 뛰어나올 것입니다. 공자님의 군계일학의 외모라면 그러고도 남지요."

기분 좋으라고 한 말이긴 하나, 사실이 그랬다.

사내가 보기에도 독고월의 외모는 단연 발군이었다. 평범한 무복을 입었음에도 외모가 바래지 않았다. 오히려 더욱 돋보였다. 하대가 자연스러운 것이 이름난 가문의 공자가 아닐까 싶었다.

왜 일부러 평범한 의복을 입고 다니는 부잣집 도련님도 있다고 하지 않나.

독고월은 됐다는 듯이 손사래를 치고는 등을 돌렸다.

하지만.

문지기 사내가 한 말이 안에 있던 사람의 관심을 끌었다.

"뭐어? 군계일학의 외모? 저런 쭉정이 같은 놈이? 웃기지도 않는군."

이 층에서 창밖으로 몸을 빼낸 곰보 청년이었다. 상당히 취했는지 벌게진 얼굴이 당장에라도 터질 듯했다.

그 바람에 대로변은 물론 안에 있는 사람들의 관심까지 집중됐다.

문지기 사내는 인상을 표나게 굳혔다. 이 근방에서 망나니 같이 굴기로 유명한 이다. 주사까지 부리니 곱게 보일 리가 없었지만, 뭐라 말할 순 없었다.

청년으로 말할 것 같으면 이 근방에서 알아주는 냉가장의 적자 냉상위였다. 강호에선 끗발이 낮아 강호용봉회도 인맥으로 알음알음해서 겨우 들어올 수 있었지만, 그래도 이곳은 제집 안방이나 다름없는 곳이었다.

똥개도 제집 마당에서는 절반은 먹고 들어간다고.

냉상위는 평소처럼 목소리를 높였다. 하지만 강호용봉회의 쟁쟁한 후기지수에겐 씨알도 안 먹혔다. 오히려 그들한테서 멀어지는 결과를 초래했다.

그렇게 냉상위는 홀로 술잔을 기울이고 있었다. 우연히 들린 문지기의 말에 심사가 뒤틀리는 건 당연한 수순이었다. 군계일학의 외모란 말이 문제다. 냉상위는 얼굴만 잘난 사내를 무척이나 증오했다.

"야! 얼마나 잘났는지 면상 좀 보자고!"

독고월의 걸음이 멈춰졌다.

냉상위의 눈매가 쭉 찢어졌다.

"왜? 본 공자의 말이 아니꼬우냐? 아니꼬우면 올라와 보거라. 어디 그 잘났다는 면상이 얼마나 휘황찬란한지 구경 좀 해보게."

속으로 혀를 차며 말리려 했던 용봉들이었지만, 호기심이 일었다. 취기도 적당히 올랐겠다. 문지기 사내가 말한 군계일학이라고 칭한 외모가 궁금했다.

창가로 얼굴까지 내민 후기지수들이었다.

대로변의 시선들도 일제히 독고월에게로 집중됐다.

마침 빙화루를 향해 등을 돌리고 있던 독고월.

"일없다."

손사래를 치고는 걸음을 옮겼다. 애송이의 말에 일희일비하기엔 보낸 세월이 울었다.

냉상위가 인상을 일그러트렸다.

"감히 본 공자가 말하는데 무시해? 정녕 네놈이 혼쭐이 나야 정신 차리겠느냐? 당장 서지 못할까!"

안하무인 하던 성격에 취기까지 더해지자, 눈살 찌푸려지는 추태를 부리는 건 당연한 수순이었다.

강호용봉회에 소속된 이들 중에 혀를 차는 이들마저 있었다.

"냉형, 참으시오. 즐겁게 술자리를 가지다가 이 무슨 일이요. 이리 와서 내 잔을 받으시오."

등 떠밀린 후기지수 중 하나가 다가와 냉상위를 말렸다. 그게 문제였다.

처음으로 자신에게 쏠린 관심에 냉상위는 길길이 날뛰었다. 마침 잘됐다 싶은 것이다. 울적했던 차에 분풀이가 필요했고, 이참에 자신의 인상을 잘난 후기지수 놈들에 각인시킬 작정이었다.

"당장 돌아보지 않으면 냉가장의 이름을 걸고 네놈을 용서치 않을 것이다! 얼마나 잘난 면상인지 내 꼭 확인하고 말겠다. 한 번만 더 무시하면 본 공자뿐만 아니라 냉가장에 대한 모욕으로 받아들이겠다!"

말도 안 되는 억지였다.

독고월로서는 헛웃음이 절로 나왔다.

"나 원 참, 별일을 다 겪는군."

뒷짐 진 독고월이 고개를 슬쩍 돌렸다.

때마침 선선한 밤바람이 불어와 그의 무복과 머리칼을 흔들었다.

"어머!"

"오호라!"

빙화루에서 헛바람 소리가 들려왔다. 상상했던 것보다 뛰어난 독고월의 용모 때문이었다.

새하얀 얼굴 위로 사내다운 짙은 검미하며, 오똑한 콧날과 굳게 다 물린 입술. 흑단 같은 머리를 뒤로 질끈 묶어 바람결에 흔들리는 독고월의 모습은 그야말로 한 폭의 그림이었다.

강호의 도도한 여인들이 할 일이 없어서 젊은 시절의 남궁일을 졸졸 따라다녔겠나?

과거도 그랬지만, 지금의 독고월은 군계일학이란 말로도 부족한 외모였다.

문지기 사내가 괜한 소리를 덧붙인 게 아니었다.

시비를 걸었던 냉상위마저 할 말을 잃을 정도였다.

선남선녀로 이루어진 용봉회원들도 순간 당황했다.

독고월은 그림 같은 입매의 한쪽을 올렸다.

"잘 확인했느냐?"

"······!"

냉상위가 벌게진 얼굴로 뭔가 더 말하려고 했지만, 그만하라는 듯이 어깨에 손을 올리는 인원에 말을 멈췄다.

"냉형, 많이 취한 것 같으니 이쯤 하고 들어가 쉬게나."

강호용봉회의 수좌인 모용준경(慕容俊景)이었다.

냉상위가 언감생심 반항 한 번 못해볼 상대였다. 말 한 번 잘못했다간 겨우 들이민 엉덩이를 강호용봉회에서 치워야 할지도 몰랐다.

"아, 알겠소이다. 많이 취한 듯하니 이만 들어가 쉬리다."

냉상위는 헛기침을 하며 물러섰다. 그늘진 눈빛이 독고월에게 잠시 머물렀다. 그러곤 내실로 별말 없이 들어갔다.

용봉회원들의 눈은 차가웠지만, 대놓고 면박을 주는 이는 없었다. 냉상위와 달리 적어도 용봉이란 이름에 걸맞은 소양을 가지고 있었다.

냉상위가 부리나케 객실로 사라지자 팽소희(彭笑戱)가 코웃음 쳤다.

"저런 어중이떠중이를 받아들이지 말자고 했잖아요. 준경 오라버니."

"희매 말이 맞아요. 냉가장의 적자라고 해도 강호용봉회에 들어오는 건 언감생심 꿈도 꾸지 못할 일이잖아요. 왜 저런 화상을 받아들여서 어휴~!"

양소유(楊素柳)가 허리춤을 양손으로 짚었다.

황보윤(皇甫尹)이 껄껄댔다.

"어이쿠, 우리 소저들께서 머리에 뿔이 나도 단단히 나셨군. 이름 모를 미공자에게 밉보일까 봐? 전전긍긍하는 게 눈에 보이는군!"

"윤 오라버니!"

얼굴이 빨개진 팽소희와 양소유가 동시에 외쳤다. 눈에 쌍심지를 킨 것이 당장에라도 달려들 것 같았다.

황보윤이 탁자 밑으로 숨는 시늉을 하자, 후기지수들이

왁자지껄한 웃음을 터트렸다.

모용준경도 피식 웃고는 창가에 섰다.

어느새 그 흑의무복을 입은 미청년은 휘적거리며 제 갈 길을 가고 있었다.

모용준경의 옆으로 가냘픈 인영이 다가왔다.

"낯이 좀 익은데요?"

모용준경의 동생, 모용설화(慕容雪華)였다. 무림십미(武林十美) 중 둘째가라면 서러워할 미인이었다. 곱디고운 동생의 목소리에 모용준경이 고개를 가로저었다.

"그럴 리가… 자, 다들 한잔하지."

모용준경이 찻잔을 치켜들었다.

황보윤을 비롯한 용봉회에 소속된 인원들은 술잔을 따라 들었다.

모용설화도 오라버니처럼 술잔 대신 찻잔을 들었지만, 눈빛에 떠오른 이채는 없어지지 않았다. 분명 낯익은 얼굴인데 쉬이 떠오르지 않아서다.

독고월은 청향루의 삼 층에 있었다. 사내들로 인산인해를 이룬 일이 층은 기녀의 간드러진 웃음소리와 사내들의 음탕한 짓거리에 정신 사나웠다.

그래서 삼 층에서 홀로 술병을 기울이는 중이다.

청향루의 간판기녀가 살며시 옆에 앉으려고 했지만,

독고월이 돌려보냈다. 그냥 창가에 앉아 조용한 시간을 보내고 싶을 뿐이었다.

그렇지 않아도 복잡한 심사였는데, 기녀의 정신 사나운 비음과 애교를 안주로 술 마시고 싶은 생각은 없었다.

대신 값비싼 안주와 술을 주문해놓았다.

기루의 총관은 군말 없이 허리를 꺾었다. 객잔과 기루를 구분 못 하는 애송이로 보이진 않았다. 그냥 돈 지랄하고 싶어 온 걸로 여겼다.

독고월이 잔을 들었다.

처음으로 마실 술의 맛과 향은 오묘했다. 잔을 기울이자 진한 주향이 코끝을 간질이고, 달콤하면서도 쌉싸름한 맛이 혀를 감쌌다.

"흐음."

술이 넘어간 목이 뜨거워지다 못해 얼굴마저 화끈거린다. 하지만 입안에 맴도는 주향에서 깊이가 느껴진다.

남궁일이 술을 즐기는 성격도 아니거니와, 독고월은 남궁일과 감각을 공유한 적이 없었다.

처음으로 경험한 술맛은 나쁘지 않았다.

한 번도 마시지 않은 탓일까?

약간 세상이 흔들렸지만, 기분은 좋았다. 벌써 취기가 오른 것이다. 독고월은 내공을 이용해 술기운을 몰아냈다.

"후우."

독고월이 숨을 내뱉자, 사방에서 주향이 진동했다.

술을 즐기는 주당이 봤다면 기함을 할 모습이었다.

취하려고 마시려는 것을, 술 아깝게 뭔 짓이란 말인가.

술병을 들던 독고월이 멈칫했다.

사뿐사뿐.

부드럽게 내딛는 옥보(玉步) 소리 때문이다.

옥보의 주인이 독고월의 맞은 편에 앉았다.

독고월은 쳐다도 보지 않고 말했다.

"물러가거라."

쪼르륵.

여인은 듣지 못했는지 빈 술잔에 술을 채워줬다.

술을 따라주는 섬섬옥수를 바라보는 독고월의 눈빛이
번뜩였다.

탁.

가녀린 손목을 잡은 독고월이 눈살을 찌푸렸다.

2

낯익은 얼굴이다. 한 소녀의 얼굴이 겹쳐 보이기 시작
했다.

"……!"

모용설화.

강호에서 미색이 뛰어난 재녀로 이름난 그녀였다.

과거 모용세가의 가주 모용선의 소개로 모용준경과 함께 인사한 적이 있었다. 남궁일 안에 있을 때 면식이 있었다.

당시엔 또랑또랑한 눈망울이 매우 인상적인 명랑한 소녀였는데, 이젠 시집가도 될 정도로 현숙한 처녀가 다됐다. 세월의 무상함이 절로 느껴졌다.

"여인의 손목을 계속 잡고 계시는 게 다른 뜻이 있는 걸로 봐도 되나요?"

박속같이 하얀 이로 싱긋 웃는 모용설화.

과거 남궁일의 팔에 매달렸던 활달함이 아직 남아있었다. 현숙한 자태와 달리 말과 행동엔 거침없었다. 예전 모습 그대로다.

남궁 숙부라고 부르며 곧잘 따랐던 아이였지.

당시를 회상한 독고월이 쓴웃음을 지었다. 그래도 아는 얼굴이다 보니 경계심이 살짝 풀린 까닭이다.

"그렇다면 처음 보는 사내 잔에 서슴없이 술을 따르는 건 어떤 뜻으로 받아들여야 하느냐?"

거침없는 하대에 모용설화가 눈을 동그랗게 떴다.

"공자와 전 구면인가요?"

"아니지."

"그럼 굉장히 말을 편히 하는 까닭을 물어봐도 될까요?"

"글쎄······."

독고월은 하던 말을 멈추고 그녀의 손목을 놔줬다.

모용설화가 손목을 어루만졌다. 생각보다 세게 잡았는
지 손자국이 남아있었다.

독고월은 입안에 술을 털어 넣으면서 축객령을 내렸다.

"···내 말투가 기분 나쁘다면 동석하지 않으면 그만이
지."

"······."

모용설화는 동그랗게 뜬 눈을 깜빡였다. 보통 자신을 본
사내들의 반응과 너무 달라서다. 아무리 잘난 사내라도 이
렇게까지 홀대하는 경우가 없었다. 손목을 세게 잡은 것에
대한 사과는 당연히 없었고, 말투도 숫제 어린 계집 대하
듯이 한다.

단 한 번도 겪어보지 못한 반응에 모용설화는 대꾸할 말
을 찾지 못했다.

탁.

빈 잔을 내려놓자 모용설화가 술을 따라줬다.

쪼르륵.

독고월이 그녀를 보았다.

"어째서냐?"

"글쎄요. 이래야 할 것 같아서요. 왠지 모를 친근함이 들기도 하고."

"이유론 부족하다."

"원래는 저희 때문에 기분이 나쁘실 것 같아 사과하러 왔는데……."

모용설화가 고개를 갸웃거렸다. 고운 아미가 살짝 찌푸려졌다.

단 한 번도 이런 적이 없었으니 당연하리라. 처음 보는 젊은 청년한테, 그것도 무례한 작자에게 이유 모를 친근함을 느끼다니.

"정신이 나갔나 봐요. 아직도 이러고 있는 걸 보면."

"다들 그렇게 미치는 거지."

독고월은 피식 웃고는 그녀가 따라준 술을 입가에 가져갔다. 그리곤 총관에게 손을 들어줬다.

무슨 말인지 대번에 알아들은 총관이 잔과 술병을 가져왔다.

모용설화가 제 눈앞에 놓인 술잔을 보면서 냉막 어린 표정을 했다.

"지금 저를 너무 쉽게 본 거죠?"

"네 말처럼 쉬운 여아더냐?"

독고월이 껄껄대자 모용설화가 깊어진 눈빛으로 쳐다봤다.

"……."

"싫다면 언제든지 일어나거라. 어차피 사과하러 올 것
도 없는 일이었다."

"혹 과거에 강호를 종횡했던 고인이세요?"

"그리 보이더냐?"

"아뇨, 전형적인 한량으로 보여요."

모용설화의 박한 평가에 독고월은 입가에 진한 미소를
지었다.

"네 말이 맞다. 아름다운 여인 앞에서 수작 부리려는 한
량이지. 그러니 더 늦기 전에 일어나서 도망치는 것이 좋
을 것이다."

"어째서죠?"

"내가 좀 취했으니까."

독고월이 짐짓 음흉한 미소를 지어 보였다.

모용설화가 웃음보를 터트렸다. 현숙한 겉모습에 감춰
진 소녀의 모습이었다.

"재밌는 분이세요. 무례한 정도를 넘어선 무례라니. 생
각지도 못했어요. 제가 강호용봉회에 소속된 후기지수라
는 걸 아실 텐데도 여전히 이런 태도를 고수한다?"

그러고는 제 잔을 양손으로 들어 보였다.

"좋아요, 한 잔 주시겠어요? 음흉한 한량 공자님?"

"……."

가뜩이나 복잡한 심사인 독고월이었다. 술까지 마신 터라 지금까지와 달리 가벼운 변덕이 났다.

모용설화 또한 다르지 않으리라.

쪼르륵.

독고월은 그녀의 잔을 채워줬다.

모용설화는 잔을 들어 단숨에 비워냈다.

"후우."

확 피어오르는 주향을 한숨과 함께 뱉어냈다. 모용설화는 배시시 웃으며 다시 내밀었다.

모용세가의 화끈한 피는 어디 가지 않는다는 거지.

독고월은 다시 채워줬다.

모용설화가 그 잔을 재차 비워냈다.

"하아~ 오라버니가 금주령을 내린 터라 그동안 뱃속의 주충이 성화를 부렸는데, 아주 좋네요."

"역시 사과하러 온 게 아니라 술 한 잔 얻어 마시러 온 게로군."

독고월은 고개를 절레 저으며 제 잔에 술을 따랐다. 그리고 모용설화의 잔도 채워줬다.

단숨에 술을 비워낸 모용설화가 푸념했다.

"후우, 오라버니를 안다면 이해할 거예요. 어찌나 이거 하지 마라. 저거 하지 마라. 간섭을 해대는지 오라버니가 아니라 아버지 아니, 어머니처럼 군다니까요? 나참, 여염

집 규수가 아니니 행동거지, 몸가짐에 조심해야 한다면서. 어찌나 빡빡하게 구는지. 완전 시어머니 저리 가라 라니깐요."

"혼인도 안 한 처자가 뭘 안다고, 시어머니야."

"너무 절 철모르는 여아 취급하는데요? 이거 슬슬 기분이 나빠지네요."

"그렇다면 술 마실 빌미를 또 찾았군."

"어머, 들켰네요?"

모용설화가 재차 웃음보를 터트렸다.

꿀꺽, 꿀꺽.

모용설화는 아예 술병째 들이마셨다. 한 번 발동 걸리니 주체를 하지 못했다.

"여기 한 병 더 아니, 술 항아리 통째로요!"

그녀의 호탕한 외침에 독고월은 신선한 충격을 받았다.

평범한 성격을 가진 여아는 아닌 줄 알았지만, 현숙한 외모에 어울리지 않는 이런 괄괄한 모습을 숨기고 있었을 줄이야.

지켜보던 총관마저 입을 쩍 벌렸다.

곧 술 항아리를 통째로이고 오는 장정에 독고월은 저도 모르게 모용설화를 바라봤다.

"왜요? 설마 못 마시겠다는 소리는 아니겠죠? 저랑 술 한잔하자고 꾀였으면 응당 책임을 져야죠? 공자."

"허어."

"혹시나 해서 말하는데, 사내대장부가 내공으로 술기운을 몰아내는 치졸한 짓은 하지 않으리라 믿어요."

"……."

독고월은 내심 나 오늘 술 처음 마신다고 고백하고 싶었지만.

사내대장부가 어찌 그러랴. 얼굴 팔리게시리.

모용설화의 주문에 큰 사발 두 개를 가져다 놓은 총관의 표정이 아연실색해졌다.

탁.

모용설화가 탁자에 어여쁜 발마저 턱 하니 올려놨다.

콸콸콸.

사발에다가 술독의 술을 붓기 시작했다.

궁장을 입은 현숙한 자태의 미녀가 할 짓이 아니었다.

독고월은 벌린 입을 다물지 못했다. 그가 기억하기로 모용설화는 이렇게까지 막무가내가 아니었다.

그녀가 음흉하게 웃었다.

"어디 한 번 갈 데까지 가봐요."

"어딜 가려고?"

"오라버니도 없겠다. 오늘 한 번 달려보자구요!"

그녀의 호방한 외침에 독고월은 어째서 모용준경이 행동거지를 조심히 시켰는지 알만했다.

모용설화가 술을 사발째로 들이켰다.

"크하~!"

물론 독고월이 낸 소리가 아니었다.

지금 그는 사발을 들 엄두조차 못 내고 있었으니까.

3

세상이 돌았다.

아니, 세상이 도는 건지 내가 도는 건지 모를 일이었다.

술기운을 내공으로 몰아낼까도 해봤지만, 모용설화의 게슴츠레한 눈동자에 그럴 수가 없었다.

모용설화의 강권에 못 이겨 한 사발을 더 들이켰다.

꿀꺽, 꿀꺽.

"술! 한 항아리 더!"

물론 이 호탕한 외침의 주인은 독고월이 아니었다. 깔깔대며 웃는 모용설화의 것이었다.

그녀는 총관이 고개를 절래 흔들 정도로 주당이었다.

어느새 그녀의 주변에 술 항아리가 세 개째 동이나 있었다.

그럼에도 모용설화는 멀쩡했다. 얼굴색 하나 변하지 않았다. 눈만 살짝 풀렸다.

또다시 사발을 채워 비워낸 둘.

턱.

독고월은 제대로 몸을 가누지 못하고, 탁자 위에 팔을 댔다. 금방이라도 탁자 위에 머리를 처박아 버릴 것만 같았다.

"아아, 취한다."

독고월의 힘겨운 중얼거림에 모용설화가 풋 하고 웃었다.

"무슨 사내가 술이 이렇게 약해요?"

"약하다니, 내가? 웃기고 있네. 내가 얼마나 멀쩡한지 보여주지!"

벌떡!

일어섰으면 좋겠지만, 엉덩이만 하늘로 치솟았다. 상체는 그대로 탁자에 널브러졌다.

"봤느냐? 난 아주 멀쩡하다고."

그 꼴이 심히 우스워 모용설화는 죽는다고 배를 잡았다.

총관마저 헛웃음을 흘릴 정도였다.

독고월이 어이쿠, 힘들다! 하면서 도로 착석했다.

불분명한 발음과 시뻘게진 얼굴이 말하는 바는 딱 하나.

만취상태라는 것이다.

모용설화는 벌게진 눈가로 킥 웃고는 손을 들었다.

척하면 척이라고 총관이 서둘러 계산서를 가지고 왔다.

모용설화는 계산서를 보고는 품에서 고액전표를 건넸다.

총관이 화들짝 놀랐다.

"잔금이 많이 남는데요?"

"술 더 가져와요. 간에 기별도 안 갔으니까요."

"그게 기루가 문 닫을 시간이라서."

"그럼 어쩌라는 거죠?"

싸늘한 그 눈초리에 총관이 굽실거렸다.

"여기서 이러지 마시고, 특실로 자리를 옮기셔서 드시는 게. 물론 돈이 조금……."

뒷말을 흐리는 것이 오늘 매상을 단단히 올릴 작정이었다.

모용설화는 코웃음 치고는 전표 한 장을 건넸다.

총관의 머리가 땅에 닿을 정도였다.

"최고급 안주와 최고급 술로. 만약 술에 물 탄다든지 허튼짓을 하면 알죠?"

광망마저 번뜩이는 봉목에 총관이 기겁했다.

"강호인에게 그런 짓을 할 정도로 소인이 막돼먹은 놈이 아닙니다. 당연히 최고급 술과 안주로 대령합지요!"

부리나케 뛰어가는 총관.

독고월이 벌떡! 상체를 일으켰으면 좋겠지만, 이번에도 엉덩이만 들렸다.

"뭐어? 술을 더 먹는다고!"

"왜요, 더는 못 드시겠어요? 역시 술이 약하네요."

"누가 약해! 이 독고월 어르신이 술을 얼마나 잘 마시는지, 내가 오늘 이 기루의 술 항아리란 항아리는 전부 다 털어주겠어!"

말하고자 하는 바는 호방한데, 여전히 탁자에 엎드린 채 웅얼거리는 독고월이었다.

모용설화가 부축해줬다.

독고월이 고개를 들었다.

"뭐야, 나 어디로 데리고 가는 거야?"

"술 더 마셔야죠. 설마 그만 마실 생각이에요?"

"아니지!"

만취한 독고월이 껄껄댔다.

모용설화도 호호 웃고는 독고월을 데리고 내실로 갔다.

잘 꾸며진 특실.

눈치 빠른 총관이 안주와 술 항아리를 미리 준비해놓은 상태였다.

털썩.

모용설화는 의자에 독고월을 앉혔다.

독고월이 풀린 눈으로 물었다.

"근데 네 동료가 찾지 않겠느냐? 시간이 너무 늦은 것 같은데."

"쥐가 고양이 생각해주긴, 걱정하지 마세요. 잔다고 하고 빠져나온 거니까요."

"처음부터 이럴 작정으로 나온 계군! 천하의 말괄량이 같으니!"

독고월이 휘청거리며 삿대질을 했다. 물론 손가락이 아래위로 흔들렸다. 독고월이 인상을 찌푸렸다.

"뭐야? 왜 이렇게 정신 사납게 움직여대? 가만히 있지 않으면 경을 칠 것이다."

"어이쿠, 주사까지 있으시네. 그러게 처음 마시는 술이면 적당히 드시지. 왜 괜한 객기는 부리고 그러세요?"

"감히! 누가 처음이래?"

"아까 독고월 오라버니가 자기 오늘 술 처음 마신다고, 한 번만 봐달라고 했잖아요."

"뭐? 내가? 그럴 리가!"

독고월이 버럭 소리 질렀다. 하지만 곰곰이 생각하더니 아차! 싶었는지 손뼉을 쳤다.

"그랬군, 그랬어! 내 취소하지. 당장 술 따라. 내 오늘 이 주루의 술 항아리를 전부……."

독고월이 갑자기 말을 멈췄다. 시키는 대로 술로 사발을 채우던 모용설화가 멈칫했다.

"왜 그러세요?"

"내 이름을 알고 있네?"

독고월의 두 눈이 게슴츠레해졌다.

모용설화는 어이쿠야! 하며 손으로 이마를 짚었다.

"아까 말해주셨잖아요. 이 독고월 어르신이 어쩌고저쩌고."

"내가?"

"에이, 오라버니. 쓸데없는 흰소리 그만하고 술이나 마셔요."

모용설화는 그러면서 술이 가득 든 사발을 권했다.

그걸 본 독고월이 양 입꼬리를 아래로 늘어트렸다.

그 울상에 모용설화가 풋 하고 웃음을 터트렸다.

"왜요, 또?"

"술이 너무 싫다. 속이 막 울렁거리고."

"쳇! 역시 술 약하시네. 한 번 꾀였으면 끝장을 봐야죠. 뭐에요, 이게."

"약하다니, 누가!"

버럭 소리를 지른 독고월이 사발을 들었다. 입에 대고는 기울이기 시작했다.

콸콸콸!

술을 마시는 건지, 그냥 들이붓는 건지.

독고월의 앞섶은 흥건히 적셔졌다.

투명한 술이 목젖을 타고 탄탄한 가슴 속으로 흘러내리는 모습에 모용설화의 볼이 살짝 빨개졌다.

"굉장히 뭔가 야한데요?"

"크아, 배 터져 뒈질 것 같구나. 근데 뭐라고?"

70

모용설화는 대답없이 사발을 들이켰다.

꿀꺽, 꿀꺽.

참 조용하게 마시는데 저 큰 사발 안의 술이 금방 없어졌다.

독고월이 침울한 얼굴로 물었다.

"근데 넌 측간도 안 가느냐?"

"왜요? 측간 간 사이에 도망이라도 치시게요?"

"아니! 어떻게 알았지?"

독고월이 화들짝 놀랐다.

그 순진한 반응에 모용설화는 쓰게 웃었다.

이렇게 속 보이고, 거짓말도 못하고, 취하고도 도망갈 궁리나 하는 사내는 처음 봤다. 그런 사내가 힘들다며 주절댔다.

"내 절세의 무공실력으로 술기운 좀 몰아내야겠어. 이대로 가다간 죽을 것 같다."

"어머? 역시 약하다는 걸 인정하시네요. 어떻게 한낱 아녀자보다 술을 못해요?"

모용설화의 눈초리가 가늘어졌다.

독고월이 벌게진 얼굴로 눈을 부라렸다.

"약해? 좋다! 따라라, 술! 내 오늘, 건방진 계집아이의 애간장을 다 녹여주겠어."

모용설화의 별빛을 박은 눈동자가 동그래졌다.

"그게 무슨 뜻인지는 알고 하는 말이에요?"

"간에 기별도 안 간다며, 그러니깐 이 어르신이 오늘, 네 간장을······!"

일어서서 소리치려던 독고월의 두 눈이 풀렸다. 갑자기 치밀어오른 술기운을 버티지 못한 것이다. 독고월이 휘청거리다 못해 모로 쓰러지려는 찰나.

모용설화가 날 듯이 다가와 어깨로 부축했다.

독고월이 그녀의 품에 포옥 안기는 모양새였다.

모용설화가 한숨을 내쉬었다.

"정말이지 오라버니······!"

그녀는 말을 채 잇지 못했다.

"우에에에엑!"

폐부를 쥐어짜는 이 외마디 비명 때문이었다.

그리고.

독고월의 기억은 그대로 끊겼다.

第 3 章.

第 3 章.

1

"으음."

아침 햇살에 눈이 부셔서 깼다. 고개를 들어 주위를 둘러봤다. 호화로운 특실이었다. 잠시 기억을 더듬었다.

술을 마시고.

술도 마시고.

술만 마시고…….

골이 띵할 정도로 진탕 마셨지. 모용설화는 그 이상으로 잘도 마셔댔고.

술향기가 아직도 진동했다.

바닥에 술 항아리들이 널브러져 있었다.

"많이도 마셨군."

"…그러네요."

독고월은 품 안에서 들려오는 조그만 목소리에 기함했다. 그리고 온몸으로 느껴지는 무게감과 말랑한 촉감에 혼이 빠져나갈 지경이었다.

"이, 이게 대체……!"

바람결의 사시나무처럼 떨리는 고개를 밑으로 내리자.

"……"

사슴 같은 눈망울로 물끄러미 올려다보는 존재가 있었다.

바로 모용설화!

그녀는 당장에라도 터질 것처럼 붉어진 얼굴을 하고 있었다.

독고월은 벌린 입을 다물 수가 없었다.

지금 둘은 서로 안고 있는 것도 모자라 벌거벗고 있었다.

"자꾸 그렇게 보시면 싫어요."

모용설화가 못내 부끄러웠는지 고개를 수그렸다. 그 모습이 매우 청초하고 어여뻤지만.

"으, 으어어어."

독고월은 말을 하지 못했다. 이상한 괴성만 낼 뿐이었다.

전신을 관통하는 말랑한 촉감 덕에 기억의 편린들이 스쳐 지나갔다.

술을 마시고.

객기를 부리고.

술 또 마시고.

그녀의 궁장과 제 옷에 토하고.

그녀가 독고월의 옷을 벗겨 씻겨주는 것도 모자라, 갈아입혀준 뒤.

그리고!

"아!"

독고월은 아연실색했다.

도저히 필설로 형용할 수 없는 장면들이 계속해서 떠올랐다. 살색, 도색으로 채색된 기억의 편린들이었다.

스륵.

모용설화가 독고월의 가슴에 얼굴을 파묻었다.

"초야였는데, 너무하셨어요."

"뭐, 뭐어어!"

또 기함한 독고월은 더 이상의 사고를 할 수가 없었다.

아무리 복잡한 심사에 술을 진탕 마셔도 그렇지. 거기다 술이 웬수라지만, 이게 대체 무슨 짓이란 말인가.

여염집 규수나 기녀가 아닌 모용세가의 가주 모용선의 천금인 모용설화였다.

독고월은 이대로 졸도라도 하고 싶은 심정이었다.

모용설화가 품 안에서 재잘댔다.

"큰일이에요. 북리세가의 장자하고 혼담이 오고 가는 중이었는데, 집안 어른들에게 뭐라고 설명해야 할지… 하아~ 속상해요."

말과 달리 모용설화는 생글거리며 웃고 있었다.

독고월은 정상적인 범주를 넘어선 모용설화에게서 초난희의 향기를 느꼈다. 그 귀신같은 것에 씐 것이 아닌지 의심이 들 정도다.

하지만.

술에 취해 계획적으로 일을 벌였다고 하기엔, 자신과 모용설화는 너무 취했었다. 동시에 하나의 장면이 수면 위로 슬며시 떠올랐다. 잘난 이놈의 머리는 술에 기억이 끊기는 걸 허락지 않았다.

옷을 갈아입은 독고월이 모용설화의 벌게진 얼굴을 보며 손목을 잡아챘다.

-가지말거라.

뭐, 이 미친놈아. 개소리는 왜 씨부렁거리고 지랄이야!

독고월은 떠올리는 와중에 취한 제 모습에 이를 갈았다.

제 처소로 돌아가려던 모용설화가 당황했었다.

-네? 그게 무슨 뜻이죠?

-내 옆에 있거라.

-하지만……!

-적적하구나.

야 이 미친놈의 자식아! 손녀뻘한테 이 무슨 해괴망측한
개소리야!

독고월은 두 눈을 질끈 감았다.

마찬가지로 당시의 상황을 떠올렸던 모용설화가 미묘한
표정으로 웃었다.

"적적하다며 붙잡는 사내는 처음이에요. 사랑을 속삭이
는 것도 아니고 자기 심심하다며 붙잡을 줄은 꿈에도 몰랐
어요. 저 그래도 무림십미로 명성 좀 있고, 제 집안도 강호
의 오대세가에서 수좌를 차지할 정도로 대단한데. 아무리
취했다고 한들 그럴 말을 할 줄은."

유구무언(有口無言).

독고월은 모용설화의 책망하는 눈동자에 입을 뗄 수조
차 없었다.

"그래도 아주 신선했어요. 오라버니도 저도 너무 취했
고, 둘 다 심사가 복잡해서 벌어진 사고이니 착하고 어여
쁜 소매가 이해해야죠."

"뭐라고?"

독고월이 놀란 시선으로 바라보자 모용설화가 곱게

눈을 흘겼다.

"뭐, 그럼 책임이라도 지시게요? 아니면 제가 매달리기라도 할 줄 알았어요?"

"……."

"사람을 어떻게 보고, 전 그렇게 고리타분한 규방의 소저가 아니랍니다. 잠시 뒤로 돌아앉겠어요. 이제 옷 좀 입어야겠네요."

모용설화는 그리 말하며 독고월에게서 떨어졌다.

독고월의 시선이 저도 모르게 따라갔다.

눈이 부실 정도로 새하얀 그녀의 나신이 빚어낸 완벽한 곡선미는 감탄이 절로 나오게 했다.

모용설화가 살짝 얼굴을 붉혔다.

"고개 돌리라니까요."

"음."

독고월이 얼른 고개를 돌렸다. 그리고는 두 눈을 질끈 감았다. 침상 위에 초야의 흔적이 적나라하게 있어서다.

이런 젠장맞을.

독고월이 두 손으로 얼굴을 감쌌다. 손가락에 힘이 절로 들어갔다.

스윽, 스윽.

옷을 입은 그녀가 선 채로 운기를 했다. 전신에서 열양지기가 피어올랐다. 빨아서 덜 말랐던 궁장이 순식간에 보송보송해졌다.

그 기세로 보건대, 그녀가 절정에 이르렀음을 알 수 있었다.

모용설화가 묘한 미소를 지었다.

"거절하고자 했으면 얼마든지 할 수 있었을 거예요. 그러니깐."

"……."

얼굴을 감싼 두 손에 와 닿는 보드라운 감촉에 독고월의 눈동자가 커졌다.

쪽.

손을 끌어내려 드러난 독고월의 이마에 모용설화가 입을 맞춘 것이다.

"죄책감 같은 거 가지지 마세요. 모용세가의 여인은 마음이 가지 않는 상대와는 동침하지 않는 법이니까."

모용설화는 어안이 벙벙해진 독고월을 놔두고 내실을 나섰다.

터질 것처럼 붉어진 그녀의 목덜미를 끝으로.

탁.

문이 닫혔다.

독고월은 내실에 홀로 남겨졌다.

2

그와 잔 건 다소 즉흥적이었다.

하지만.

내실을 나선 모용설화는 쿵쾅대는 심장을 어찌할 길이 없었다. 말 못하게 부끄럽기도 했으나, 애써 아무렇지 않은 척하는 게 여인으로서 쉽지 않았다.

"미쳤어, 내가 미쳤어. 곱게 미친 게 아니라 단단히 미쳤다고, 아아!"

모용설화는 어제의 장면을 계속 곱씹으며 처소로 돌아왔다.

"설화, 너도 술을!"

"미안해, 오라버니. 나 피곤해."

지독한 주향에 모용준경은 호통이라도 칠까 했지만, 하나뿐인 동생의 착잡한 심경을 잘 알았기에 참아줬다.

사랑하지도 않는 사내와의 정략혼인을 앞둔 상태다. 아무리 북리세가가 명문이라 해도 얼굴 한 번 보질 못했다. 거기다 장자에 대한 소문도 나빴다.

여인이란 여인은 죄다 건들고 다니는 호색한인데다, 행실도 좋지 않았다. 북리세가만 아니었다면 진즉 무림맹에서 수배가 내려도 이상할 게 없는 놈이다.

모용설화가 어떤 심정으로 술을 마셨을지 충분히 짐작

이 갔다.

"그래도 오늘 하루는 근신이다."

모용준경의 근엄한 표정에 모용설화는 입술을 삐죽 내밀었다.

불감청이언정 고소원이었다.

우연하게 독고월과 마주치는 것보단 나으리라.

"알겠어요."

"술은 당연히 안되고."

"아."

모용설화의 잔뜩 실망한 얼굴에 모용준경은 고리눈을 떴다.

"그렇게 마시고도 더 마시고 싶다면, 이 오라버니도 마시겠다."

"알겠어요."

모용설화는 풀죽은 얼굴로 고개를 숙였다. 독고월처럼 술을 아예 못하는 모용준경이었다. 오라버니의 주사를 감당하는 것보다 자신이 술을 입에 대지 않는 게 백번 나았다.

모용준경이 찬바람을 일으키며 나갔다.

내실에 홀로 남은 모용설화는 창밖을 바라보며 연거푸 한숨을 내쉬었다.

순간 조각 같던 근육질의 동체가 절로 떠올랐다. 그녀를 내려다보는 검푸른 밤하늘을 닮은 눈동자와 함께.

"미쳤구나, 설화야. 네가 정말 미쳤어."

울상이 된 모용설화가 탁자 위에 엎드렸다.

탕탕.

탁자를 작게 두드리는 소리와 함께 자책하는 신음이 흘러나왔다.

정오의 청향루.

"……."

흑의무복을 입고 나온 독고월을 기다리고 있는 이가 있었다. 총관이었다.

찾아온 손님이 있다며 내실로 독고월을 안내해줬다.

드륵.

문을 연 내실엔 준수한 청년이 앉아있었다.

똑 닮은 데다 본 적이 있으니까.

총관이 나가자 내실엔 둘만 남았다.

모용준경이 맞은편을 권했다.

"잠깐 앉지."

"……."

독고월은 말없이 그의 맞은 편에 앉았다.

자리에 착석하자 모용준경이 똑바른 눈빛으로 바라봤다.

"동생 모르게 찾아왔으니 길게 말하지 않겠소."

"좋지."

독고월의 뻔뻔한 반응에 모용준경의 눈썹이 꿈틀거렸다. 하지만 섣불리 감정을 내비치기엔 명가의 피가 울었다. 모용준경이 보기에 눈앞의 사내는 평범한 이가 아니었다. 일종의 본능이었다. 자신보다 하수가 아닐 거라고 짐작됐다.

"어제 그대와 설화가 술을 마셨다는 걸 이미 알고 있소."

"음."

"그리고 밤을 함께한 것도."

"……."

독고월의 안색이 순간 경직됐다.

그때가 떠올라 그런 거였는데, 모용준경은 다른 쪽으로 오해했다.

"내 동생은 입도, 행동거지도 경거망동할 아이가 아니오. 행여 오해할……."

"나도 안다."

독고월이 모용준경의 말을 잘랐다. 그리고는 탁자 위에 놓인 찻잔을 들었다.

용정차의 그윽한 향이 정신을 그나마 맑게 해줬다.

모용준경의 시선이 따갑다. 그래도 다짜고짜 멱살을 잡거나, 죽인다고 날뛰지 않는 걸 보아 난 놈은 난 놈이었다.

아니면, 동생을 생각하는 마음이 남다르거나.

모용준경이 말했다.

"오늘 일로 설화를 다시 보는 일이 없었으면 하오. 그리고 사내대장부라면 입도 무거울 거라 여기겠소. 만에 하나 내 귀에 이상한 말이 들려올 시엔……"

모용준경의 눈빛이 달라지자 분위기가 급변했다.

은연중에 피어오르는 기세에 공기가 떨릴 정도였다.

그 기세가 독고월에게로 집중됐다.

독고월은 찻잔만 들었다. 든 찻잔 안의 물은 떨림이 없었다.

이 기세로도 영향을 주지 못한다?

생각외였다.

모용준경의 눈빛에 이채가 떠올랐다. 이렇게 담담히 넘기는 그의 태도가 말하는 바는 단 하나였다.

어쩌면 비슷한 게 아니라 한 수위일지도 모른다.

궁금증과 호승심이 일었다.

조사해서 신분내력을 알아볼까 아니면, 직접 손을 섞어 알아내 볼까.

독고월이 마침표를 찍어줬다.

"시끄러워지길 원한다면… 사양하지 않지."

괜한 시선을 끌어 네 동생을 곤란하게 할 이유가 있느냐는 소리다.

모용준경은 기세를 거두었다. 눈앞에 놓인 식은 찻잔에 시선조차 주지 않고 일어났다.

"그럼 이만 가겠소."

"……."

독고월은 말없이 그 등을 바라보다가 고소를 지었다.

인중용이라던 모용세가의 장자 모용준경.

세가의 명예만 중요시하는 위인이라면 살인멸구도 불사할 것이다. 하지만 동생을 아끼는 마음이 대단하기에 분노를 억누르고, 경고만 남기고 떠났다.

행여 모용설화가 상처받을까 저어되는 거겠지.

독고월은 이유가 그것만이 아닐 거라 여겼다. 한숨을 내쉬고는 이곳을 떠나려고 했다.

총관이 문을 열고 들어왔다.

"공자님."

"왜?"

"용정차는 어떠셨습니까?"

"좋았다, 그건 어찌 묻느냐?"

"그러셨지요? 저희 기루의 용정차로 말할 것 같으면 극상중의 극상품으로 맛과 향이 아주 일품이지요. 이 근방 다점에서도 음미하기 어려운……."

독고월이 미간을 찌푸렸다.

"용건만."

"네, 소인의 용건은 여기 있습니다."

총관이 계산서를 내밀었다.

그걸 본 독고월의 눈빛이 흔들렸다.

"먼저 가신 공자께서 계산을 해주실 거라 하셔서……."

총관이 말꼬리를 흐렸다.

독고월이 눈을 날카롭게 치켜떴다. 아무리 이곳이 고급 기루라 해도 많은 금액이었다.

총관의 설명은 끝이 아니었다.

"…먼저 가신 공자께서 꼭두새벽부터 줄곧 마신 터라 제법 나왔지요. 어찌나 벌컥벌컥 잘도 마셔대는지. 소인이 생각하기엔 속이 많이 타셨나 봅니다."

"……."

"해서 이 특실의 대실비도 함께 올렸습니다."

나름의 복수였을까.

독고월은 쓴웃음을 머금었다.

"애는 애군."

인중용께서 제법 유치한 구석도 있다니 말이다.

3

아까울 리가 없었다.

여전히 수중에 돈은 많았고, 고액전표 다발도 있었다. 녹림채에서 챙긴 야명주들도 있었다. 그 하나의 값어치만 해도 대단했다.

야명주에 생각이 미치자 고웅과 막수가 자연스레 떠올랐다.

결자해지라 했다.

더욱 확실하게 끝맺음을 하기 위해선 시간을 더 들여야 할 것이다. 일망타진하려면 아직이었다.

이젠 화전민촌의 복수가 목적이 아니었다.

월광도만 찾으면 된다. 그럼 초난희로 말미암은 악연은 완전하게 끝낼 생각뿐이다.

독고월은 대로를 거닐었다.

줄곧 봐왔던 광경이나 직접 겪는 건 감흥이 남달랐다.

노점에서 풍겨오는 음식 내음부터 상인들이 내는 시끌벅적한 소음까지.

독고월은 새삼스러운 눈으로 주위를 둘러보느라 여념이 없었다.

누군가 다가왔다.

"저 공자님, 꽃 한 송이만 사세요."

엊저녁에 봤던 꽃 파는 소녀였다. 남루한 의복에 앙상하게 마른 몰골을 보자면 별로 사고 싶지 않다. 이름 모를 들꽃을 한데 엮은 꽃다발도 소박했고.

"이걸 사서 뭐에 쓰라고?"

독고월의 반응도 남들과 다르지 않았다.

소녀는 침착한 어조로 설명했다.

"마음에 둔 정인이나 감사를 표할 분에게 선물해드리면 매우 좋아하실 거예요. 비싼 노리개도 좋지만, 소박한 선물을 좋아하시는 분도 계시기에."

독고월의 머릿속에 누군가 떠올랐지만, 나온 대답은 칼 같았다.

"난 그런 사람 없다."

"네에, 알겠습니다."

소녀는 약간 벌게진 얼굴로 고개를 숙였다. 그리고 떠나가려는데.

꼬르륵.

배곯이 소리가 들려왔다. 물론 독고월이 낸 소리가 아니었다.

소녀가 홍시처럼 벌게진 얼굴로 얼른 신형을 돌렸다. 조각처럼 잘생긴 공자 앞이라 그런지 말 못하게 부끄러웠다.

하필이면 이럴 때.

주책 맞은 자신의 배가 야속하기만 했다. 비웃음거리가 될 것 같아 눈시울이 절로 뜨거워졌다.

"섯거라."

독고월이 불러세웠다.

소녀가 멈칫했다. 설마 자신을 놀리거나 모욕을 주려나 싶은 것이다. 나온 목소리도 자연스레 떨려왔다.

"왜, 왜 그러시나요?"

"물어볼 게 있다."

"물어보세요. 제가 아는 거라면 성심껏 답해드릴게요."

소녀는 안도의 한숨을 내쉬었다. 다행히 무도한 사람은 아니었다.

독고월이 근처 국수를 마는 노점상 의자에 앉았다.

소녀가 주뼛거리며 다가왔다.

독고월이 손으로 제 옆자리를 가리켰다.

"앉지 않고 뭐하는 것이냐?"

"네, 네?"

당황한 소녀가 얼굴을 빨갛게 물들였다.

"난 누군가를 올려다보는 걸 굉장히 싫어한다."

독고월이 눈을 부라렸다.

소녀는 얼른 자리에 착석했다. 자신의 몸에서 나는 냄새가 신경 쓰여 살짝 떨어져 앉았다.

국수 파는 노인이 순식간에 국수 두 그릇을 내놨다.

"일단은 먹고 이야기하지."

"……."

소녀는 무슨 뜻인지 몰라 멍하니 있었다. 제 눈앞에 놓인 국수를 바라봤다. 이마저도 종일 꽃을 팔아도 겨우 먹을 수 있을까 싶은 음식이다. 물론 산천에 널린 들꽃을 살 정신 나간 이가 없어서다.

꽃 파는 소녀들이 기루 앞에 자리 잡은 이유는 단 하나였다. 총관이나 기녀들의 눈에 띄어 기적에 들어가는 게 목적이었다.

진짜 매화(賣花)를 하려는 거지.

"쯧!"

"왜, 왜 그러셔요?"

"아니다."

후루룩.

독고월이 젓가락을 놀려 먹기 시작했다.

소녀도 떨리는 손으로 젓가락을 들었다. 삼 일간 굶은 터라 순간 이성을 잃었다. 아차 싶었을 땐, 이미 빈 그릇을 들고 서 있었다. 노인과 독고월의 놀란 시선이 느껴졌다.

독고월이 혀를 찼다.

"쯧! 먹는 예절이라곤 눈곱만큼도 없구나. 난 아직 덜 먹었거늘."

소녀가 황망함에 고개만 푹 수그렸다.

탁.

소녀의 눈앞에 국수가 재차 놓였다. 독고월의 손짓에 노인이 다시 말아온 것이다.

소녀가 물끄러미 독고월을 올려다봤다. 그는 국물을 다 마신 뒤 무명천으로 입을 닦고 있었다.

"급하게 먹다 탈이나 나라고 주는 게다."

"……."

소녀는 목덜미를 벌겋게 물들이고는 다시 젓가락을 들었다.

잠시 후.

세 그릇 뚝딱 비워낸 소녀가 고개를 푹 수그리고 있었다.

독고월은 저 조그만 몸에 참 많이도 들어간다고 생각했다.

"더 먹어야 직성이 풀리겠느냐?"

"아, 아니에요."

소녀가 손사래를 치며 기겁했지만, 아쉬움이 남은 눈치다.

독고월이 모르는 척 물었다.

"어느 정도 배도 채운 것 같으니 본론으로 들어가지."

"네, 말씀하세요."

뒤적뒤적.

독고월은 소녀가 든 바구니를 살피며 물었다.

"야래향(夜來香)은 없느냐?"

"야래향이요? 아, 있어요!"

곰곰이 생각하던 소녀가 부리나케 달려간다.

노인이 내준 물을 느긋하게 마셨을까.

소녀가 가쁜 숨을 몰아쉬며 달려왔다. 가슴엔 노란 꽃다발을 한 아름 안고 있었다.

많이도 뽑아왔다. 아마 근방에 자리한 것들을 죄다 뜯어온 것이 분명했다. 그것도 급하게 뽑았는지 나이에 거뭇한 손엔 핏불과 풀물이 베어 있었다.

소녀가 꽃다발을 건네려 했다.

독고월은 가볍게 거절하고는 소녀에게 손가락을 까닥였다.

무슨 뜻인지 몰랐던 소녀가 멀뚱히 서 있었다. 그러다 독고월의 매서워진 눈매에 얼른 다가왔다.

독고월이 귓속말을 하자 소녀의 눈이 점점 커졌다.

노인은 자못 궁금했으나, 소녀의 눈망울이 반짝이는 걸 보니 이상한 요구가 아님을 알 수 있었다.

"잘 알겠느냐?"

"네."

소녀가 당차게 대답했다.

독고월은 전표 한 장을 노인에게 줬다. 노인의 눈이 휘둥그레졌다.

"국수값이다."

"이렇게 많은 돈을요?"

"내일부터 하루에 세 그릇씩 먹는 셈 치면 얼마나 먹을 수 있겠느냐?"

"못해도 반년은 가능할 듯싶습니다요."

빠르게 계산을 마친 노인이 답해줬다. 그러고도 많이 남는 장사였는지 노인은 주름진 입을 헤벌쭉 폈다.

당황한 소녀의 빨개진 귀로 독고월의 목소리가 들려왔다.

"오늘부터 이 아이에게 주거라."

"아무렴요."

노인은 그럴 줄 알았다는 듯이 껄껄 웃었다.

소녀가 화들짝 놀랐다. 고마운 마음이 들었으나 못내 아쉬움이 남았다. 저 전표를 자신에게 직접 줬으면 한 것이다.

독고월이 조소를 흘렸다.

"욕심부리다 화를 입어봐야 정신을 차리지."

"네, 그게 무슨?"

당황한 소녀를 향해 대답해준 건 노인이었다.

"공자님의 말씀은 이 돈을 네가 감당할 수 없다시구나."

"네에."

소녀는 못내 아쉬운 마음이 들었으나 별수 없이 수긍했다.

가끔 팔고 남은 국수를 주던 후한 노인 아니던가.

소녀는 아쉬움을 접고 고개를 돌렸다. 그러다 멀지 않은 뒷골목에서 이쪽을 주시하는 시선들을 알아챘다.

소녀와 사정이 별반 다르지 않은 거지들이었다.

독고월의 분위기에 이쪽으로 올 엄두조차 내지 못하고 있었다. 만약 직접 받았다면 어찌 됐을지 불을 보듯 뻔했다. 흠씬 얻어터지고 돈을 빼앗기는 건 당연한 순서였다.

"가, 감사합니다, 공자님."

소녀가 뒤늦게 공수를 들어 읍했다.

걸음을 옮긴 독고월은 뒤도 안 돌아보고 말했다.

"시킨 것만 잘해. 쓸데없는 짓 하지 말고."

"네!"

소녀가 당차게 외쳤다.

옆에 있던 노인이 궁금해했으나, 비밀이라며 소녀가 배시시 웃었다.

석양이 지는 오후.

빙화루에서 한 무리의 사람들이 거리로 쏟아져나왔다. 하나같이 선남선녀들로 보는 것만으로도 눈이 즐거울 지경이었다.

순식간에 저잣거리가 왁자지껄해졌다.

"아아, 숙취가 안 풀리네."

팽소희가 늘어지게 기지개를 켜자, 양소유가 한숨을 내

쉬며 나무랐다.

"희매, 그 말은 사내들이나 할 법한 말이지. 가련한 소
저에게 가당키나 한 말이겠어?"

"내 말이, 주위의 시선도 좀 신경 써야지. 옆에 있는 이
오라버니가 다 창피하다. 곧 밤이 찾아오는 이 마당에 얌
전한 팽 소저께서 숙취가 안 풀린다며 늘어지게 기지개를
켜다니, 누가 들으면 흉봐, 이것아!"

황보윤이 나무랐다.

팽소희가 눈꼬리를 치켜떴다.

"남 이사, 그러든 말든! 그리고 난 얌전한 규방의 소저가
아니라고요."

"아니면 척이라도 하든지."

"내가 언제 척하는 거 봤어요? 나 같은 여걸에게 그건
굴욕이에요, 굴욕!"

당차게 말한 팽소희였지만, 뒤에 있던 모용준경이 터
트린 웃음엔 얼굴을 빨갛게 물들였다. 아무리 괄괄한 성
격이라 해도 평소 마음에 두던 청년 앞에선 그렇지 않나
보다.

황보윤이 가늘어진 눈초리로 놀려댔다.

"어이쿠! 여걸께서 답지 않게 얼굴까지 다 붉히시네! 웬
일이래? 얌전한 팽 소저."

"이, 입 닥쳐요! 한마디만 더 하면 죽여버릴 거니깐!"

홍시처럼 붉어진 얼굴은 고왔으나, 나온 말은 매우 거칠
었다.

"어이쿠, 이거 목이 달아날 것 같으면, 준경 뒤에 숨어
야겠군!"

황보윤이 얄밉게도 계속 놀려댔다. 그러다 걸음아 나 살
려라 도망갔다. 참다못한 팽소희가 도를 뽑아서다.

양소유를 비롯한 용봉회원들이 웃음을 터뜨렸다.

그럼에도 모용설화의 화용에 드리워진 그늘은 여전했
다. 복잡한 심경 때문이었다.

자박자박.

모용설화는 옆에서 다가오는 인기척을 느꼈다.

노란 꽃을 한 아름 안아 든 소녀가 그녀에게 다가오고
있었다.

석양을 듬뿍 받은 노란 꽃다발은 정말이지 예뻤다. 모두
의 시선, 특히 여인네들의 시선이 쏠릴 정도였다.

집중된 시선에 얼굴을 발갛게 물들인 소녀가 모용설화
에게 다가왔다.

"무슨 일이니?"

"저어, 심부름이라서요."

"심부름?"

"네에."

모용설화의 의문 띤 시선에 소녀가 고개를 수그렸다.

"와아, 정말 예쁜 꽃이네."

"그러게 말이야."

날뛰던 팽소희마저 양소유와 함께 다가왔다.

"받으세요."

소녀가 모용설화에게 노란 꽃다발을 건넸다.

모용준경은 막을까 했지만, 소녀에게서 느껴지는 건 아무것도 없었다. 그저 평범한 어린 소녀였다.

"이걸 왜 나에게 주는 거니?"

"여러분 들 중에서 제일 아름다운 분께 드리면 된다고 해서."

"뭐?"

모용설화는 그 말에 볼을 붉혔다. 적잖이 당황한 것이 여실히 느껴졌다.

팽소희와 양소유가 눈을 앙칼지게 떴지만, 이견은 없는지 콧방귀만 껴댔다.

하얀 궁장에 노란 꽃을 한 아름 들고 있는 모용설화.

정말이지 천상의 선녀가 따로 없었다. 석양을 받고 선곱게 물든 자태에 지켜보던 후기지수들의 눈동자가 풀릴 정도였으니 말 다했다. 그렇지 않아도 예쁜데, 광채가 날 지경이었다.

소녀는 전해주고만 가려다 마음을 바꿔먹었다.

모용설화의 눈빛이 흔들리고 있었다. 이걸 받아도 될지

말지 망설이는 중이다.

그녀를 보는 소녀의 눈동자에 결심이 서렸다. 그는 아무 말 하지 말고 건네주기만 하라 했지만, 아무래도 그럴 순 없었다.

"야래향이라고 밤에만 핀다는 야화예요. 그리움과 기다림, 애절함이란 꽃말을 갖고 있지요."

"뭐, 뭐?"

모용설화가 깜짝 놀랐다.

소녀는 자신이 제대로 전해줬음을 깨달았다. 그래서 환한 웃음을 지었다.

"굉장히 잘생겼지만 좀 무서운 공자님이 부탁하신 거예요. 다시 한번 말씀드리지만, 너무 잘 어울리세요."

"……!"

모용설화의 화용이 타오를 듯이 붉어졌다. 굉장히 잘생긴 공자가 누군지 알만해서다. 자신도 모르게 고개를 떨어트렸다.

한 떨기의 청초한 꽃 같은 자태와 야래향은 너무나도 잘 어울렸다.

노란 꽃잎이 그녀의 볼을 간질였다.

은은한 향이 복잡다단한 심사를 위로해줬다.

방심(芳心)에 노을이 붉게 물들어가고 있었다.

第 **4** 章

第 4 章.

1

해가 지는 서쪽 하늘 아래.

독고월은 걷고 또 걸었다. 마음이 편치 않았다. 변덕에 죽이 끓는 짓을 하고 나서부터다. 스스로 생각해도 미친 짓이었다. 어린애를 상대로 무슨 짓을 하는 건지 모를 일이다.

물론 어폐는 있었다.

그녀는 어린애가 아니라 다 큰 처녀였으니까.

그럼에도 독고월의 복잡다단한 심경은 해소되질 않았다.

인적이 드물다 못해 사라진 야산.

그곳을 오른 독고월이 너른 장소에 섰다. 어둑해진 산은 금방이라도 귀신이 튀어나올 것 마냥 음산했다.

"후우."

독고월은 잠시 숨을 골랐다.

풀벌레 소리가 점차 잦아들었다.

사사삭.

사방에서 느껴지는 기척.

마을에서부터 줄기차게 쫓아온 놈들이다.

누굴까? 설마하니 녹림채와 관련된 놈들은 아닐 테고, 관련지을 만한 이도 없는데.

독고월은 주위를 둘러봤다.

수풀 속에서 하나둘 모습을 드러냈다.

숫자는 스무 명.

가슴에 표식은 없었지만, 질 좋은 의복과 날이 잘 선 검을 보니 이곳에서 방귀깨나 뀌는 듯했다.

괜한 주목을 피하려고 자신의 기운을 갈무리하고 다니는 독고월이었다.

평범하게 필부로 보인 탓일까?

기고만장한 표정을 지은 놈이 건들거리며 다가왔다.

"어젠 신세 좀 졌다."

"뭔 신세? 처음 보는데."

"뭐? 정말?"

너무 천연덕스러운 독고월의 반응에 그놈이 되물었

다. 사람 잘못 찾아왔나 싶었는지, 눈을 비비고는 다시 한 번 봤다. 눈가를 좁혀 유심히 보다가 인상을 일그러트렸다.

"이런 개 같은 새끼가, 잘 찾아왔는데 어디서 헛소리야! 본 공자를 능멸하고도 무사할 성 싶으냐!"

"어린놈이 말하는 본새 봐라."

독고월이 살짝 검미를 찌푸렸다.

어린놈, 냉상위가 발작했다.

짜악!

옆에 있던 무인의 뺨을 후려갈긴 것이다.

"야 이 새끼야! 방금 저 개 같은 새끼가 한 말 들었어?"

"예, 도련님."

옆으로 돌아간 무인의 고개가 다시 제자리를 찾았다. 뺨이 부어오르고, 가는 핏줄기가 입술을 비집고 흘러나왔다. 입안이 터진 듯했다.

짜악!

이번엔 무인의 고개가 반대쪽으로 돌아갔다.

"근데 왜 가만히 처 있고 지랄이야! 당장 저 새끼 무릎 꿇려서 내 앞에 대령 안 해놔?"

냉상위가 씹어뱉듯이 지껄였다.

주위에 있던 무인들의 시선이 사나워졌지만, 대놓고 티를 내진 못하였다. 이런 꼴을 본 것이 하루 이틀이 아

니었다. 냉가장에 소속된 처지인지라 이러지도 저러지도
못했다.

뺨을 연달아 두 대 얻어맞은 무인이 손짓하자, 나머지
무인들이 분을 삭이며 독고월을 에워쌌다.

이런 일을 한두 번 해본 솜씨가 아닌지 퇴로는 진즉 차
단했다.

독고월이 냉상위를 바라봤다.

"어이 되먹지 못한 애송이."

"뭐? 되, 되먹지 못한 애송이? 이 새끼가 아직도 상황파
악 못 하지!"

"하나만 묻지."

"왜, 용서해달라고? 이 맷돌에 갈아 마실 놈아! 이미 늦
었다. 넌 오늘 나한테……!"

"아니, 나한테 왜 이러는 건데?"

"뭐?"

냉상위가 당황했다. 정말 몰라서 묻는 걸까 싶어 눈동자
까지 흔들렸다.

독고월이 조소 어린 표정을 지었다.

"네가 뭔 짓을 하려는지는 알겠는데, 아무리 생각해도
기억이 안 나서 말이야. 알고는 있자. 대체 나한테 왜 이러
는 건데?"

"……"

냉상위는 할 말을 잃었고, 냉가장의 무인들은 술렁였다.

정말 잘 못 찾아온 건가 싶은 게다.

하지만 냉상위가 시뻘게진 얼굴로 침을 뱉었다.

"풰! 너 이 개 같은 새끼, 정말 본 공자를 보고도 몰라? 빙화루에서 본 공자에게 그런 모욕을 줘놓고도 모른다고—!"

냉상위가 살기가 듬뿍 담긴 눈초리로 독고월을 쏘아봤다.

"어떤 모욕을 줬는데?"

"본 공자가 말을 했는데도 불구하고 무시했잖아, 이 개 같은 새끼야!"

딱.

독고월이 턱을 매만지던 검지와 엄지를 맞부딪쳤다.

"아아, 이제 알겠네. 그러니까 어젯밤에 얼굴 좀 보여달라고 해서 그냥 갔다가, 어린놈이 하도 지랄해대서 어쩔 수 없이 얼굴까지 보여줬더니, 그게 모욕이라고?"

"그래, 이 개 같은 새끼야! 너 때문에 본 공자가 모용준경 그 새끼한테 얼마나 큰 창피를 당했는지 알아? 내가 개 같은 네놈 때문에 어떤 치욕을 당했는지 아느냐고!"

냉상위가 시뻘게진 얼굴로 악이란 악은 다질러댔다.

호위 무인들의 얼굴은 다른 의미로 벌게졌다.

말도 안 되는 이유란 걸 아는 것이다.

독고월도 한 방 맞은 얼굴로 잠시 넋을 놓았다.

냉상위가 진득한 살기까지 넘실거리는 눈으로 비웃었다.

"이제야 알겠냐? 이 개 같은 새끼야. 너 때문에 본 공자가 어떤 치욕을 당했는지? 이젠 엎드려서 용서를 빌어도 네놈의 팔다리를 모두 잘라내고, 그 기생오라비 같은 얼굴은 칼로 난도질을 해주마."

악의가 듬뿍 담긴 말에 그간의 행실이 읽혔다.

독고월은 주위를 둘러봤다.

너희도 똑같은 생각을 하냐는 표정이었는데.

뺨을 얻어맞았던 수장이 흔들리는 눈동자로 손을 들었다. 말해 무엇하겠느냐는 듯이 결심을 굳힌 것이다.

스르릉.

모두가 시뻘게진 안색으로 검을 뽑았다.

하도 어이가 없었던 독고월이 되물었다.

"그러니까 어린놈인 네 기준에선 그게 모욕이자 씻을 수 없는 치욕이라고? 그래서 용서를 빌지 않으면 팔다리는 물론, 내 얼굴을 난도질한다고?"

"그래, 이 개 같은 새끼야!"

"모용준경과는 천양지차군."

독고월이 흘린 조소에 이번엔 냉상위가 한 방 먹은 얼굴을 했다.

누가 하늘이고 땅인지는 말하지 않아도 알리라.

모용준경이 역린이었는지, 냉상위가 살기를 내뿜었다.

"이런 씹어먹어도 시원찮을 개새끼가! 뚫린 입이라고 말 함부로 해대지. 내 오늘 냉가장의 이름을 걸고 네놈을 쳐 죽여주마!"

그 말을 신호로 무인들이 검을 독고월에게 겨눴다.

"나 원 참, 살다 살다 별일을 다 겪는군."

우득.

양손을 깍지 껴서 쭉 뻗었다. 가뜩이나 마뜩잖았는데 잘 됐다. 독고월은 대충 두들겨 패주고는 길을 떠나려 했다. 이어진 냉상위의 이죽거림만 아니었다면 말이다.

"아니지! 그냥 죽이는 건 재미없고. 그 반반한 기생오라비 같은 면피를 뜯어내서 모용설화에게 보내주지. 표정이 아주 볼만하지 않겠어? 제 처녀 딱지를 떼준 정인의 면피를 받아들고 말이야. 그래, 그 꽃 파는 거지 계집을 시켜 노란 꽃다발과 함께 보내면 되겠네. 하하!"

"……."

어찌 알았느냐고 물을 필요도 없었다. 빙화루 앞에서의 일 직후, 독고월에게 앙심을 품고 지켜본 것이 분명했다.

졸렬한 말을 일삼는 놈의 희번덕거리는 눈에서 투기(妬忌)가 끓어올랐다.

"모용세가와 북리세가의 반목을 이용하기에도 좋지. 양상군자 모용준경의 얼굴이 볼만해지겠어. 아니지, 차라리 이걸 빌미로 모용설화 그년을 벗겨 먹을 수도 있겠군. 그래! 죽이지 마라. 네놈을 죽지도 살지도 못하는 상태로 만들면 그년을 가지고 놀 방법이 생기겠지! 으하하!"

냉상위가 박장대소했다.

냉가장의 무인들은 고개를 수그렸다. 하지만 어느 하나 나서는 이가 없었다.

이런 일이 한두 번이 아닌지 그들의 눈동자는 어둡게 채색될 뿐이었다.

냉상위가 독고월을 향해 삿대질했다.

"저 개 같은 놈의 팔다리 근맥을 모조리 잘라내서 내 앞으로 대령해!"

"예."

냉상위의 호위수장은 짤막한 대답과 함께 독고월을 향해 신형을 날렸다.

휘이익!

그는 정말이지 바람처럼 날아갔다.

2

퍼억!

그리고 날아든 것보다 빠르게 튕겨져나갔다.

쿵, 쿵.

땅을 찧듯이 튕겨가더니 한참을 굴렀다. 겨우 멈춰선 수장 무인이 피 한 사발 쏟아냈다.

"우웩!"

수장 무인의 앞섶이 순식간에 피범벅이 되었다. 기혈이 뒤틀리다 못해 엉망이 된 것이다.

복부를 향한 주먹질 한 방에 이 모양이라니.

수장 무인은 떨리는 눈으로 앞을 바라보려고 했지만, 고개는 이미 모로 꺾였다.

둘러싸고 있던 무인 중 하나가 수장 무인의 목에 손을 대었다.

"저, 절명했습니다!"

경악 어린 외침과 함께 독고월을 둘러싼 첨예한 검봉들에 살기가 어렸다. 아깐 마지못해 나선 거라면 지금은 대적을 앞에 둔 모양새다.

자신들의 수장이 어떻게 맞았는지 보기는커녕 낌새조차 눈치채지 못했다.

"이, 이 새끼. 한 수 있다 이거지!"

냉상위가 서둘러 품속에 손을 집어넣었다. 그리고 신호탄을 하늘 위로 쏘았다.

휘이익, 펑!

녹색 연기구름이 잠시 하늘에 머물렀다. 지원요청 신호탄이었다.

아직 해가 완전히 지지 않는데다, 거리도 멀지 않았다.

냉가장의 정예가 당도하는 건 시간문제였다.

이곳은 냉가장의 영역이었으니까.

하늘을 올려다보던 냉상위의 고개가 내려졌다. 음흉하게 웃고 있는 얼굴에 금이 갔다.

휘이익!

독고월이 땅을 박찼다. 그 신형이 한 줄기의 벼락이 되어 짜자작— 휘돌았다.

"뭐, 뭐야?"

냉상위는 말까지 더듬었다. 안색도 파리해졌다.

그 벼락이 그리는 궤도 끝에 호위들이 있었는데!

털썩, 털썩.

포진하고 있던 호위들이 일시에 쓰러진 것이다. 섬전행으로 놈들을 일거에 쓸어버린 독고월이 원인이었다. 전광석화란 말 외엔 달리 설명할 길이 없었다.

우르릉!

천둥소리가 뒤늦게 터졌다.

냉상위는 저도 모르게 뒷걸음질쳤다. 귀도 먹먹해졌다. 숫제 정신이 없을 지경이다.

흔히들 경공술을 단지 이동을 하려는 방편으로 보고들 있지만, 이런 공격방식으로도 쓸 수 있었다.

엄청난 속도로 말미암은 반작용을 견딜 육체만 있다면, 이처럼 전율적인 결과를 만드는 것도 가능하다.

만약 독고월의 손에 한 자루의 도가 들렸다면 그들의 목은 일제히 날아올랐으리라.

가볍게 양손을 턴 독고월이 천천히 다가갔다.

이제 두 발로 땅을 딛고 선 인물은 냉상위와 독고월 밖에 없었다.

수장과 달리 나머지 무인들은 기식이 엄엄한 상태였다.

냉상위 또한 그걸 알아챘는지 안색이 하얗게 탈색됐다.

"고, 고수!"

"똥오줌 못 가리는 개들 패놓고, 고수는 무슨."

냉소를 흘린 독고월의 눈빛이 번뜩였다.

냉상위가 어깨를 떨었다. 독고월의 눈동자에서 피어오른 푸른 귀화 때문이었다.

등골이 절로 서늘해진 냉상위가 주춤거리며 물러났다. 다리에 힘마저 풀렸다.

독고월이 나직이 읊조렸다.

"이런 더러운 상황을 자주 봐온 터라, 그놈처럼 훈계하긴 싫고. 죽이자니……."

"사, 살려주십시오!"

냉상위의 사지가 바들 거리기 시작했다. 바지마저 축축해졌다. 독고월의 서릿발 같은 기세에 찍어 눌린 탓이다.

고약한 냄새가 사방에 진동했다.

"…그럴 가치도 없고. 복날에 개 패듯이 두들겨 패자니 그러다 뉘우치기라도 해서 사람 될까 봐 싫고."

"제, 제발 부탁 드립니다. 으흑!"

냉상위가 닭똥 같은 눈물을 흘리며 사정했다. 이미 심신이 독고월에게 제압된 상태였다.

"그렇다고 저 위선을 떨던 호위 놈들처럼 떡으로 만들자니 아쉬움은 남고."

"제, 제발!"

털썩.

냉상위는 무릎까지 꿇고 싹싹 빌었다. 곧 냉가장의 정예들이 온다는 생각은 머릿속에서 사라진 지 오래였다.

푸른 귀화가 타오르는 눈동자를 마주한 순간.

냉상위는 공포를 억누를 길이 없었다.

안하무인인 그라고 해도 보는 눈은 있었다. 스무 명이 넘는 무인들을 일거에 쓸어버린 실력을 보건대, 못해도 절정고수였다.

귀신같은 무공에 걸맞게 눈빛은 어찌나 살 떨리게 무서운지.

"이 버러지를 어찌해야 할까?"

독고월이 대놓고 모욕을 주는데도 냉상위는 이만 딱딱 맞부딪쳤다.

냉가장의 위세를 등에 업고 약자들만 괴롭혔지, 어디 직접 나서본 적이 있었던가.

독고월이 손을 들었다.

"아아아악!"

냉상위는 죽는다고 바닥을 떼굴떼굴 굴렀다.

"대인, 제발 살려주십시오! 잘 못했습니다! 소인이 죽을 죄를 지었습니다!"

주인을 골탕먹이려는 노새처럼, 흙바닥이 제집 침상인 것처럼 굴러다니며 사정했다.

손을 들었던 독고월이 무안할 지경이었다. 민망해진 손으로 뒷머리만 긁적였다.

"이것 참."

"대인! 이 못난 소인을 불쌍히 여겨주십시오. 하늘을 몰라뵈고, 주제를 모르고 날뛰었습니다. 바라옵건대 제발 소인의 무지함을 욕하시고, 꾸짖어주십시오!"

냉상위는 무릎 꿇은 상태로 일어나 연신 절을 해댔다.

쿵쿵.

흙바닥을 이마로 피가 나도록 찧고.

"대인을 욕보이게 한 이 방정맞은 입을 제 손으로 징치하겠습니다!"

짝— 짝—

제 뺨이 빨갛게 부어오를 정도로 후려갈겼다. 입안이

터질 정도로 온 힘을 다해 쳐댔다.

짝짝대는 따귀 소리가 산중에 울려 퍼졌다.

독고월은 그저 바라보고만 있었다.

정신 나간 짓을 일단은 두고 볼 심산이었다.

냉상위는 어느 정도 마음을 움직였다고 생각했는지 이젠 방법을 바꿨다. 뺨도 너무 아팠다. 혼신의 힘을 다해 연기한 터라 멀쩡한 이마저 흔들거렸다.

철푸덕.

바닥에 엎드린 냉상위가 처연하게 울었다.

"어흐흑! 소, 소인이 잠시 정신이 나갔습니다. 어려서 약 한 첩을 잘못 복용하는 바람에 제 충동을 억제하지 못하게 된 지 어언 십팔 년. 원래는 이런 막돼먹은 놈이 아니었는데, 어려서부터 주위에서 오냐오냐해주는 바람에… 아니! 다 그 죽일 놈의 의원 때문에 소인이 이렇게 정신 나간 놈이 된 것입니다! 으흐흐흑!"

태어나서 이렇게 오열해본 적이 있었던가?

냉상위는 이제 아예 땅을 치며 대성통곡을 했다. 웅얼거리는 목소리로 자신은 죽일 놈이라며, 이미 늙어 죽은 의원의 무덤을 파헤쳐 단죄하고 싶을 정도라며, 독고월도 모자라 천지신명까지 들먹이며 연신 사죄를 올렸다.

독고월이 헛웃음을 흘렸다.

"횡설수설이 주를 이루지만, 듣고 보니 그럴듯하군."

"대, 대인!"

냉상위가 감동 받은 얼굴을 했다. 당장에라도 달려와 바짓가랑이라도 붙들 기세였다. 아니, 무릎걸음으로 이미 달려오고 있었다.

독고월은 손을 들어 미연에 차단했다.

"다가오면 뒈진다."

"네, 네!"

어정쩡한 자세를 한 냉상위가 소매를 들어 눈물을 훔쳤다.

이제야 한숨 돌린 것이다.

"대인께서 보여준 협의지심! 소인 절대로 잊지 않겠습니다."

"사람 잘 죽이고 패는 게 협의지심이라고?"

독고월의 눈빛이 대번에 싸늘해졌다.

냉상위가 대경실색했다.

"아, 아닙니다! 대인다운 배포로 소인을 이해해주고 살려주신 하늘 같은 은혜, 각골난망입니다. 늙어! 죽어서도 잊지 않겠습니다. 대인께서 살려주신 이 구차한 목숨⋯⋯!"

"알긴 아네."

독고월의 이죽거림에 냉상위의 얼굴이 시뻘게졌다. 하지만 얼른 부복해서 변한 얼굴색을 감췄다.

독고월이 팔짱을 꼈다.

"근데 말이다."

"네, 말씀하십시오!"

"너도 일류에 이른 무인이라면 반항이라도 한 번 해보는 게 어떠냐? 이런 위기상황을 타파하기 위해 무공을 배운 거 아니냐?"

냉상위는 그 무슨 말도 안 되는 소리냐며 손사래를 쳤다. 안 어울리게 고개까지 좌우로 도리질 쳤다.

"일류 무인이라니요! 당치도 않습니다. 소인이 일류 무인이면 개나 소나 다 일류지 말입니다! 제……!"

"소장주님!"

갑자기 들려온 외침에 냉상위는 말을 멈췄다.

드디어 냉가장의 정예들이 당도한 것이다.

독고월의 시선이 한쪽 수풀로 향했다.

슉슉슉슉.

한눈에 보기에도 이룬 경지가 제법인 장년인과 무인들이 쏟아져나왔다.

못해도 마흔 명은 넘어 보였다. 조금 전의 무인들보다 숫자도, 실력도 우위였다. 개중엔 서른은 되어 보이는 여인 하나가 끼어 있었는데, 풍기는 기세와 미색이 제법이었다.

"제, 제기랄!"

냉상위가 다짜고짜 욕설을 내뱉었다.

장년인 뒤에 있던 초로인이 서둘러 다가왔다.

"소장주님 괜찮으십니까!"

"노 총관, 크흑! 저 되먹지 못한 개새끼에게 본 공자뿐만
아니라 모두가 처참하게 당했다. 본 장을 능멸한 것도 모
자라 본 공자까지 이렇게 엉망으로 만들었단 말이다!"

냉상위가 분루를 흩뿌리며 외치자, 초로인 노 총관이 냉
상위를 달래줬다.

"소장주님, 걱정하지 마십시오. 냉가장을 능멸한 대가
를 톡톡히 치르게 하겠습니다."

"보기와 달리 제법 하는 놈이다! 본 공자도 겨우 버텨낼
수 있을 정도였다."

"혹시 몰라 이선(二仙) 어르신들에게 연통해놓았습니
다."

만반의 준비를 하고 왔다는 말이었다. 천군만마를 얻은
심정에 냉상위가 박장대소를 터트렸다.

"빈객 어르신들까지? 하하, 잘했다! 정말 잘했……!"

하지만 독고월의 싸늘한 눈빛과 마주한 순간, 도로 입을
다물 수밖에 없었다.

"끅!"

딸꾹질마저 하는 냉상위에 중인의 이목이 쏠렸다.

팔짱을 낀 독고월이 검미마저 찌푸리고 있었다.

"이거, 웃기는 놈일세."

3

"지금 뭐라고 했느냐!"

노 총관이 대로했다. 살기마저 어린 째진 눈은 당장에라도 독고월을 쳐 죽일 기세였다.

독고월이 가진 특유의 분위기와 주위에 널브러진 호위 무인들만 아니었다면, 진즉 썰어버렸을 것이다.

그 살심을 어찌 모를까.

독고월이 혀를 찼다.

"쯧! 초록은 동색이라더니 애새끼고 어른 새끼고. 그 애비는 보지 않아도 알겠어."

"뭐, 뭐라?"

노 총관은 나온 목소리마저 떨릴 정도로 얼굴이 시뻘게졌다.

독고월은 노 총관에게서 고개를 돌렸다.

야산의 입구 언저리에 두 명의 기척이 느껴진다.

앞서 상대한 놈들과는 확실히 달랐다. 빈객으로 있다는 고수들임이 분명했다. 때를 맞춰 등장한 그들에 고소가 절로 지어졌다.

"이선이라."

심사가 엉키고 꼬여서 화풀이가 필요한 때면, 어떻게 알고 딱딱 맞춰서 그 대상들이 나타나 주신다. 정말이지 고맙게도 말이다.

오오오.

웅혼한 내력이 그득 담긴 소성(小聲)이 들려왔다.

이렇게까지 자신들의 등장을 알아달라고 하는데 모르면 바보였다.

"으음."

포진해 있던 무인들은 가슴이 진탕되는 걸 느꼈다. 감동해서가 아니라, 그들이 과시하는 내력에 경미한 내상을 입은 것이다.

휘릭.

무인들의 한 가운데 두 노인이 멋들어진 자세로 내려앉았다. 단정한 차림새에 멋들어진 수염이 바람결에 휘날렸다. 도포만 입으면 누가 봐도 도사라고 해도 믿을 정도로 청수한 인상들이었다.

"오셨습니까? 어르신들!"

냉상위의 안면이 환해지는 걸 보아 적잖은 친분이 있는 듯했다.

독고월은 두 노인을 자세히 살폈다.

이선이라 불린 노인네들은 고개를 미미하게 끄덕여줬다.

그리고는 독고월을 마주했다.

개중 신장이 큰 노인이 미간을 찌푸렸다. 냉상위의 개인
호위들의 상태가 좋지 않았다. 죽어 나자빠진 수장 무인을
보며 눈살을 찌푸렸다.

"어린데도 제법이긴 하나, 손속이 과하구나. 사람 목숨
은 천금보다 무겁거늘."

말은 그렇게 했지만, 냉상위의 개인호위들 수준이 어떤
지 알고 있는 장신 노인이었다. 눈빛에 한심하다는 기색이
역력했다. 독고월에게서 평범한 필부처럼 아무런 기운조
차 느껴지지 않아서다.

어디서 외공 한 자락이나 익혔나 보다.

솔직히 냉상위의 개인호위들은 소장주의 호위라고 부르
기엔 형편없었다. 냉상위의 기호 탓이었다. 자신보다 강한
잘난 수하를 두기 싫어했고, 벌인 일을 뒤처리해줄 충직한
개만 필요했다. 갖춘 실력보다는 권력 앞에 무거워질 입을
선호하는 냉상위였다.

단신 노인도 같은 생각이었는지 눈빛에 조롱기가 어
렸다.

"……"

이선을 유심히 살피던 독고월의 눈빛에 이채가 흘렀다.

"의형, 쓸데없이 시간 끌 필요 있겠소? 노 총관!"

작은 신장의 노인이 부르자 총관이 서둘러 공수했다.

"네, 어르신들!"

"오랜만에 밥값은 해주겠네만."

노 총관은 그가 어째서 말끝을 흐리는지 알아챘다.

탐심이 인 눈초리가 말하는 바를 어찌 모르랴.

대답은 눈치 빠르게도 냉상위가 했다.

"여부가 있겠습니까? 어르신들이 이곳에 왕림해주신 노고는 본 공자가 따로 모셔야지요."

그제야 흡족한 표정을 지은 작은 노인의 눈에서 음심이 읽혔다. 신장이 큰 노인도 겉으로 내색하지 않을 뿐이지 흡족한 기색이었다.

장년인은 심경이 불편해졌다. 느닷없이 터진 신호탄에 혹시나 해서 미친 듯이 달려왔는데, 정작 소장주는 빈객들에게만 신경을 써서다.

막 불만을 이야기하려는 순간.

느닷없이 독고월의 탄성이 터져 나왔다.

"아! 누군가 했더니 네놈들이었군."

순간 이선의 눈초리가 매서워졌다.

"손속에 사정을 두지 않는 걸 보아 진즉부터 무도한 줄은 알고 있었지만, 강호에 엄연히 배분이 있거늘! 대선배에게 어찌 말을 함부로 하는 것이냐!"

추상같은 호통을 친 장신 노인의 말에 단신 노인은 이미 기세를 일으키고 있었다. 일단 치고 보는 급한 성격치고 많이 참는 중이다.

독고월은 껄껄 웃었다.

"무도한 걸로 따지면 천하제일인 괴산이귀가 배분과 예를 따지다니, 개소리도 이 정도면 천하제일급이지."

"⋯⋯!"

"⋯⋯!"

두 노인은 대경실색했다.

"괴산이귀!"

냉상위를 비롯한 냉가장 무인들은 무척 당혹해했다. 강호에서 악명높은 별호였다.

괴산이귀(怪山二鬼).

둘은 원래 정사지간 인물이었는데, 젊은 시절 워낙 죽이 잘 맞아 의형제까지 맺었다. 겉으론 인격자처럼 행동하지만, 전형적인 양상군자로. 사업이랍시고 힘없는 양민들에게 억지로 염왕채를 놓았었다. 얼마나 고혈을 쥐어짰으면 원성이 자자했고. 결국, 남궁일의 귀에까지 들어갔다. 당연히 남궁일은 두 팔 걷어붙이고 나섰고, 그 길로 크게 혼쭐이 난 이들은 개과천선하겠다고 맹세까지 하였다.

양민들의 피땀을 갈취해 모아놨던 돈을 마지못해 풀게 된 것이다.

남궁일에게 거듭 사죄를 올리며 다시는 안 그러겠다고

사정하던 괴산이귀였는데.

탐심이 그리 많던 자들이 남궁일의 몇 마디에 개과천선할 리가 없었다. 오히려 앙심을 품었다.

당연하지 않은가. 기껏 모아놓은 재산을 탕진하게 됐는데, 누가 어이쿠! 기쁜 마음으로 내놓겠습니다 하겠나.

강산도 변한다는 십 년 전의 일이라고 해도 아직 그들에게 내린 수배령은 풀리지 않았다. 그런데 이 지역 유지인 냉가장에 빈객 신분으로 있는데다 두 신선이라니, 경극도 이런 경극이 없었다.

두 노인의 얼굴이 붉으락푸르락했다.

"아마 전귀(錢鬼), 음귀(淫鬼)였지."

독고월이 정확히 둘의 별칭을 짚어줬다.

둘은 또 한 번 놀랐다. 그러다 실책이라는 걸 깨달았는지 얼른 낯빛을 고쳤다.

그걸 본 장년인의 눈이 가늘어졌다.

노 총관이 한 발 나섰다.

"냉가장의 빈객께 이 무슨 망발이냐! 사람을 잘못 봐도 한참 잘못 봤다! 감히 이선 어르신을 모함하다니, 이선 어르신 더이상 말 섞으실 필요 없습니다. 저 건방진 애송이를 당장 호되게 혼쭐을 내주시지요!"

마침 그럴 참이었던 이선이 동시에 나섰다.

하지만 독고월의 말은 아직 끝나지 않았다.

"괴산이귀는 남궁일이 떠난 뒤에 보란 듯이 돌아왔지. 한데 문제가 생겼어. 재산을 나눠 받은 양민들이 이미 돈을 썼거든. 그래서 그 분풀이로 병신을 만든 것도 모자라, 군도의 수적들에게 섬 노예로 팔아넘겼지. 음귀는 한 양민의 어여쁜 딸까지 겁간하여 살해했고."

"그 입 닥치거라!"

단신 노인이 호통을 쳤다. 시뻘게진 안색이 말하는 건 당황이란 감정이었다.

독고월이 턱을 매만졌다.

"그리하여 무림맹에 의해 수배를 받아 쫓겼는데, 목에 걸린 현상금만 해도 자그마치 이천 냥이었지. 양민들을 상대로 잔인무도한 일들을 벌인 덕분에, 가진 실력에 비해 걸린 상금이 꽤 컸어."

"감히 누굴 모함하는 것이냐!"

노 총관의 외침에 독고월은 씩 웃었다.

"모함은, 확인해보면 될 것을. 괴산이귀가 익힌 무공이… 어디 보자. 전귀는 파산장(破山掌)이란 패도적인 독문장법을 썼고, 음귀는 파해검(破海劍)이란 음유한 검법을 썼지, 아마?"

주위엔 괴괴한 침묵만이 감돌았다.

이름은 달랐지만, 정말 그런 종류의 무공이었다.

설마 거기까지 알고 있으랴 싶던 두 노인의 안색이 급변했다.

돌아가는 상황이 심상치 않았다.

둘러싼 장년인을 포함한 냉가장 무인들의 낯빛이 딱딱하게 굳었다. 그간 냉상위가 벌인 천인공노할 일은 냉가장 자체 내에서 충분히 입막음 가능한 일이었다. 하지만 강호의 공적을 숨겨줬다는 오명을 쓰게 되는 건 수습할 수가 없는 문제였다. 정파의 최고봉인 무림맹과 관련된 일이라서다.

장년인.

냉가장이 자랑하는 냉검대주 공영의 눈빛이 변했다. 이어진 독고월의 말 때문이었다.

"이 사실을 무림맹에서 알면 어떻게 될까? 냉가장이 과연 무사할 수 있겠느냐? 워낙 외곽 쪽에 자리해 무림맹에 적을 두기 위해 그간 애 많이 썼을 텐데, 안 됐군. 하필이면 강호 공적들을 빈객으로 맞이하다니, 당장에야 괜찮아도 무림맹에서 사자라도 오는 날엔 큰일을 치르고 말겠어."

철모르는 애송이의 허언으로 치부하기엔 너무 확신에 차있었다.

공영이 두 노인을 봤다. 마침 두 노인의 표정도 무섭게 굳어졌다. 서로 눈짓마저 나누고 있었다. 공영은 검병을 향해 손을 서서히 뻗었다.

그리고 그걸 두 노인도 눈치채고 있었다.

-형님.

-안다. 허를 찌른다.

-그 말은?

전음을 나누던 두 노인이 눈짓을 교환했다.

살인멸구.

둘 사이에 떠오른 공통된 생각이었다.

"조심하는 게 좋을 것이다."

느닷없는 독고월의 경고였다.

멍청히 있던 냉상위가 되물었다.

"뭐라……!"

콰직!

순식간에 단신 노인, 음귀에게 목줄기를 잡힌 냉상위가 거품을 물 새도 없었다. 그대로 냉검대주 공영에게 던져진 것이다.

휘익!

무섭게 들이닥치는 냉상위의 몸뚱아리에 공영은 갈등했다. 소장주를 받아내는 순간 이어질 공격을 짐작한 터였다.

생각은 길고 행동은 짧았다.

일단은 받는다.

"검진을 펼쳐라!"

공영의 일갈과 함께 냉검대 무인들이 검진을 형성했다.

하지만 이미 늦었다. 장신 노인, 전귀가 웅혼한 장력을 이미 쏘아낸 뒤였다.

검진을 형성할 새도 없이 장력이 밀어닥쳤다.

파산장이었다.

콰콰콰쾅!

무공 이름대로 땅거죽이 일고 먼지가 폭풍처럼 솟아났다.

"크아아악!"

"으아아!"

냉검대 무인들이 단발마의 비명과 함께 스러졌다.

어느새 음귀도 먼지 구름을 뚫고 들어가 종횡무진하고 있었다.

슥삭, 슥삭!

섬뜩한 절삭 음이 들려왔다. 음귀의 손에 든 철검이 냉검대를 죽이는 소리였다.

"죽어랏!"

공영이 냉상위를 내려놓고 음귀의 등을 향해 검을 내질렀다.

"의제!"

휙!

전귀가 노 총관을 집어 던졌다.

"으아아!"

날아온 노 총관을 받아든 음귀가 벼락처럼 신형을 반전시켰다.

노 총관의 눈동자가 더할 나위 없이 커졌다.

푸욱!

왼쪽 가슴을 뚫고 들어온 공영의 검을 믿을 수 없다는 듯이 바라본 노총관. 그의 입에서 선혈이 울컥 치솟았다.

"제길!"

공영이 낭패라는 표정으로 서둘러 검을 뽑았다.

푸화악!

노총관의 왼쪽 가슴에서 핏줄기가 터져 나왔다. 보지 않아도 절명이었다.

전귀와 음귀는 그 틈을 타고 냉검대를 휩쓸고 다녔다.

먼지가 일어난 덕에 시야는 불분명했고, 두 노괴의 실력은 절정에 오른 무인임을 증명이라도 하듯 대단했다.

냉가장이 자랑하는 냉검대는 추풍낙엽처럼 휩쓸려나가고 있었다.

마흔이 순식간에 절반 이하가 됐다.

그 와중에도 두 노괴는 집요하리만치 냉검대의 목숨을 취하고 있었다.

수하들의 덧없는 죽음에 공영이 노호 성을 터트렸다.

"멈춰라아!"

검기가 서린 장검을 휘둘러 전귀의 머리를 향해 내리그
었다.

순식간에 거리를 좁힌 공영의 실력은 대단했지만, 전귀
는 그보다 고수였다. 실력과 내공, 노회한 경험 어느 하나
공영보다 못한 게 없었다.

후우우웅!

전귀가 쏘아낸 막대한 장력이 공영의 전면을 향해 들이
닥쳤다.

휘리리릭!

공영은 내리긋던 검으로 다급히 원을 그렸다. 검기로 검
막을 형성해 장력을 해소 하려는 것이다.

"하아압!"

공영이 기합성까지 내질렀다.

순간 전귀의 눈이 음험하게 빛났다.

따아앙!

공영의 검이 튕겨져나가는 순간.

공영은 등이 불에라도 덴 듯이 뜨끔한 통증을 느꼈다.

푸욱!

앞가슴을 꿰뚫고 나온 피묻은 검봉.

소리 없이 다가온 음귀가 암습을 가한 것이다.

음귀가 낮은 목소리로 웃었다.

"그간 네놈의 건방 떠는 모습을 참는 게 여간 어려운 게

아니었다."

실력에서 우위인 두 노괴가 가한 협공이었다.

냉가장이 자랑하는 냉검대주가 허망한 최후를 맞이하는
건 당연했다.

공영이 인상을 일그러트렸다.

"이, 이 비겁한 늙은이!"

"모름지기 무인이라면 늘 대비를 해야 하는 법일세. 그
저 운이 없다고 생각하게나."

전귀가 비웃음을 흘렸다.

원독 어린 눈으로 쏘아보던 공영은 그대로 절명했다. 이
룬 무위에 비해 너무 허망한 최후다.

"안돼에에!"

냉검대의 유일한 여인이 눈물을 흘뿌리며 달려들려 했
지만, 냉검대원들이 붙잡았다. 이대로 달려들면 개죽음이
었다.

"안되긴, 뭐가 안된다는 것이냐?"

전귀와 음귀는 히죽 웃고는 남은 냉검대를 포위했다. 공
영이 죽으니 아주 느긋해진 그들이었다. 자신들의 정체를
발설한 젊은 놈은 우습게도 겁이라도 먹었는지 미동도 하
지 않았다. 자신들이 내보인 실력에 땅을 치고 후회하고
있음이 분명하다.

파바바방!

쉬쉬쉬쉭!

전귀가 장력을 떨치고, 음귀가 검을 폭풍처럼 휘둘렀다.

냉검대원들이 분투를 펼쳤지만, 역부족이었다.

살아남은 냉검대원들은 검을 든 채 서로 등을 마주했다. 이제 남은 숫자는 열 명이 채 되지 않았다.

두 노괴가 공영을 격발시키기 위해 숫자를 열심히 줄여 놓은 덕분이었다.

배신감도 배신감이지만, 창졸간에 당한 일이라 다들 경황이 없었다. 공영이란 머리까지 잃은 터다.

냉검대원들은 어찌할 바를 몰랐다.

"으, 으아아!"

갑자기 냉상위가 줄행랑을 쳤다.

휘익!

전귀의·눈짓에 음귀가 신형을 날렸다.

털썩!

얼마 안 가 고꾸라진 냉상위의 등을 음귀가 밟고 서 있었다.

전귀가 살기 어린 눈빛으로 냉검대를 쓸어봤다.

"행여 도망갈 생각은 꿈도 꾸지 말도록."

"이 악적, 하늘이 무섭지 않으냐! 어찌 인두겁의 탈을 쓰고!"

살아남은 냉검대의 여인이 눈물을 흩뿌리며 외쳤다.

"하늘이 어찌 알겠느냐?"

전귀의 반문이었다.

한 명도 살아나가지 못한다는 말에 냉검대는 분루만 삼켰다. 같이 한솥밥을 먹으며 안면을 익혔는데 이리 쉽게 돌변할 줄은 꿈에도 몰랐다. 약자로서의 설움이 복받쳤다.

그 와중에도 냉상위는 버르적거리며 사정했다.

"사, 살려주십시오. 아버님께 비밀로 하는 건 물론, 냉가장의 소장주인 제가 더욱 많은 돈과 여자를 제공해드리겠습니다. 그러니 어르신 제발 살려……!"

퍼석!

음귀는 발로 냉상위의 머리를 밟아 터트렸다.

"말만 앞서는 네놈을 어찌 믿겠느냐? 초연한 태도를 보여도 살려줄까 말까이거늘. 버러지 같은 놈. 내 진즉 호부견자(虎父犬子)인 줄 알았지만, 끌끌!"

"소, 소장주님!"

냉검대 무인들의 안색이 창백해졌다. 먼저 내빼지 않았다면, 자신들의 목숨을 담보로 발목이라도 붙잡아 살릴 수 있었을지도 몰랐다.

한데 냉상위가 저 혼자 살겠다고 냅다 도망치는 바람에 그럴 기회조차 없었다.

냉검대 무인들은 절망에 빠졌다. 이젠 운 좋게 살아나간다 해도 목숨을 부지하기 어려울 것이다.

소장주가 비참하게 죽었다. 장주가 가만히 있을 리 만무했다.

음귀가 음험하게 웃었다.

"오늘 이곳에선 개미 새끼 한 마리 빠져나가지 못한다. 내 장담하지."

냉상위의 허연 뇌수와 피가 흙바닥 위를 적셨다.

음귀가 발을 흙바닥에 문지르며 미색이 제법 뛰어난 냉검대 여인을 바라봤다.

"그리고 넌 이 노부가 귀여워 해주지. 형님, 그래도 괜찮소?"

"마음대로 하거라. 하지만 시간을 오래 끌 수는 없다. 저 천지분간 못 하는 애송이에게 몇 가지 물은 뒤, 떠나야 하니까."

전귀는 자신들의 정체를 어찌 알았는지 궁금했나 보다.

"알겠소. 끌끌, 내 진즉부터 네년을 눈독 들이고 있었다. 강호의 여인은 남다른 맛이 있거든."

"이, 이!"

"소싯적에 내 강호의 계집들 젖가리개와 속곳 좀 풀어 헤쳐 봐서 아는데, 너도 곧 그 계집들처럼 좋아하게 될 거다. 이 노부의 물건을!"

"이 악적, 내가 순순히 당할 것 같아!"

느물거리며 제 사타구니를 긁는 음귀에 여인이 치를 떨었다.

"하나같이 그리들 말했지만, 결국 내는 소리는 대동소이하더구나. 끌끌!"

음귀가 음소를 흘렸다.

여인을 비롯한 살아남은 냉검대원의 안색이 어둡게 채색됐다.

냉검대주가 있는 오십으로도 안됐는데, 열 명으론 가능할까? 전귀 하나만으로도 벅찬데.

지원을 요청할 신호탄도 죽은 공영의 품에 있었다. 마침 전귀도 공영의 시체 인근에 자리했다. 둘의 눈을 피해 신호탄을 쏘는 방법은 전무하다는 말이다.

빈객 중 수위를 다투는 그들의 무공실력이었다.

이들에게 살아나갈 방도가 없던 그때였다.

휘이이익—

길게 우는 바람 소리가 들려왔다.

第 5 章

第 5 章.

1

퍼엉!

신호탄이 터졌다.

그 소리에 모두의 시선이 한 지점으로 쏠렸다.

독고월은 손바닥을 펴 준수한 검미에 댔다. 쏘아 올린 신호탄을 보고 있는 것이다. 이번엔 적색 구름이었다.

여유만만한 그 모습은 마치 불꽃놀이를 구경 온 관광객 같았다.

음귀는 할 말을 잃었다. 입만 살은 애송이라고 여겨 놔 둔 것이 화근이었다.

그나마 전귀가 겨우 정신을 차렸다.

"어떻게 아니, 어디서 난 것이냐!"

"……."

독고월은 대답없이 발치에 죽어있는 냉상위의 개인호위 수장을 툭 쳤다.

시체의 가슴 앞섶이 풀어헤쳐 져 있었다. 독고월이 품을 뒤진 것이다.

"소싯적에 수많은 여인이 내 앞에서 옷고름 좀 풀어헤 쳤었지."

독고월이 쳐다보며 한 농에 냉검대 여인의 얼굴이 당황 으로 물들었다. 하지만 음귀가 말했을 때처럼 치를 떤다거 나 싫어하지 않았다.

오히려 상황에 안 맞게 당혹해하는 느낌이 강하달까?

"그런 말을 이런 상황에……."

"생긴 게 이렇다 보니 어쩔 수가 없었지. 워낙 미인들에 게 인기가 많은 터라."

사실이 그랬다.

남궁일 때문에 잠 못 이루는 강호의 미인들이 어디 한둘 이었겠나?

살아남은 냉검대 여인을 비롯한 무인들이 저도 모르게 고개를 끄덕일 정도로.

그는 매우 잘났다.

같은 사내인 냉검대 무인들이 봐도 말이다.

여인의 시선도 잘난 독고월에게서 떨어질 줄 몰랐다.

음귀의 눈이 쫙 찢어졌다. 그 노회한 눈동자엔 살기와 투기가 읽혔다.

독고월이 음귀를 향해 느물거렸다.

"사내의 투기는 추하지. 하물며 황혼을 바라보는 노친네의 투기는 눈 뜨고 못 봐줄 정도고. 그리고 어디 할 짓이 없어서 젊음까지 탐해? 이 주책 맞을 늙은이야. 부끄러운 줄 알아야지."

말해놓고 나니 가슴이 찔렸다. 이 와중에 모용설화가 떠오른 것이다.

그래도 효과는 확실했다.

음귀는 이성의 끈이 툭! 끊어지는 걸 느꼈다.

"이, 이……!"

"격장지계다. 뭔가 있는 놈이다."

만약 전귀의 말림이 아니었다면 음귀는 달려들었을 것이다.

별거 아닌 줄 알았던 독고월에게서 묘한 불길함마저 느껴지고 있었다.

빠드득!

음귀가 이를 가는 것으로 겨우 참아냈다.

허를 찔러 공영과 냉검대의 대다수를 처리한 괴산이귀였다.

전귀는 눈을 가늘게 떴다. 언제든 처리할 수 있다고

여긴 애송이였는데, 풍기는 기세가 묘했다. 무공의 수위가 어느 정도인지 읽으려고 해도, 안개에 가린 듯이 읽히지 않았다.

수상한 놈이다.

"누구냐, 네놈은?"

전귀의 경계심이 자신이 살린 바를 모르는지 음귀는 길길이 날뛰었다.

"그딴 걸 물어볼 필요가 뭐 있겠소! 형님, 이 우제가 단숨에 썰어버리겠소!"

"이 내가 경거망동하지 말라고 했다."

전귀의 명령에 음귀는 움찔했다. 안하무인인 음귀가 세상에서 어려워하는 유일한 인물이 의형이었다. 벌게진 얼굴을 한 음귀는 입술만 달싹였다.

전귀는 독고월을 노려봤다. 이젠 대답을 하라는 것인데, 자신을 쳐다도 안 봤다. 눈처럼 하얀 눈썹이 일그러졌다.

독고월은 오히려 옴짝달싹 못하는 음귀를 조롱하는 중이었다.

"한심하군. 네 의형과 무공수위는 별반 차이 나지 않는데, 고양이 앞에 놓인 쥐새끼처럼 구는구나. 넌 그냥 찌그러져 있어라. 내 이야기는 너보다 나을 것 없는 의형과 하지. 쥐새끼 같은 겁쟁이하고는 말 섞을 필요조차 없지 않겠느냐? 전귀보다 못한 놈."

음귀가 기어코 발작했다. 마지막 말이 건드려서는 안 되는 그의 역린을 건방진 애송이가 건드린 것이다.

"이, 이익! 주둥아리를 잘라내 주마!"

파앙!

땅을 박찬 음귀가 득달같이 달려들었다.

전귀가 막아설까 했지만, 음귀가 방심하고 있지 않음을 알았다. 전력을 다해 검을 휘두르는 게 그 증거였다.

철검의 테두리에 유형화된 기가 맺혀 있었다.

안개처럼 흐릿하나 검기보다 한 단계 나아간 듯 보인다.

일견 검강(劍罡)처럼 보였지만, 아니었다. 그럼에도 검기보다 위력과 속도는 배였다.

샤아아악!

막대한 기를 머금은 검이 내는 울음소리는 섬뜩하기 그지없었다.

지켜보던 냉검대의 무인들은 물론, 전귀까지 침음을 삼킬 정도였다. 의제인 음귀의 경지가 자신과 비교해서 그리 낮지 않아서다.

"후후."

독고월의 입매는 긴 호선을 그리고 있었다.

불길한 그 웃음에 음귀는 설마 하는 의심이 들었지만, 놈을 향한 격노와 실력에 대한 자신감은 그걸 상쇄시켰다.

음귀는 단숨에 놈을 세로로 잘라낼 걸 믿어 의심치 않았다. 의형인 전귀에게도 그간 숨겨놓았던 힘이었다. 비록 완전하지 않아도 놈에겐 과분할 정도다.

"죽어랏!"

싸늘한 일갈과 함께 검을 내리그었다.

슈아악!

검이 그리는 섬뜩한 궤적에 독고월이 있었다.

음귀는 이 한 수를 당연히 피하지 못할 거라 자신했다.

그 자신감은 단숨에 산산조각이 났다.

피잉!

시위를 머금은 활처럼 당겨진 놈의 신형이 풀리더니, 벼락처럼 다가온 것이다. 검이 놈의 몸을 갈랐다. 허나 음귀는 두 눈을 부릅떴다.

전귀도 헛바람을 삼켰다.

우르릉!

뒤늦은 천둥소리.

섬전행이었다.

독고월의 신형이 빛살처럼 뻗으며 주위 풍광이 어그러지는 듯한 착각이 일었다.

얼마나 전광석화와 같았으면, 아무도 독고월의 신형을 쫓지 못했다.

그랬기에 그들은 드러난 광경에 두 눈만 껌뻑였다.

독고월의 섬전행은 음귀가 전력을 다해도 피하는 게 불가능한 종류의 것이다. 당연히 맞섰던 음귀는 독고월이 그리는 벼락을 피해내지 못했다.

쩌정—

그 증거로 쇳덩이를 후려치는 둔탁한 소리가 울려 퍼졌다.

더불어 음귀의 신형이 공중에서 물레방아처럼 휘휘 돌고 있었다. 한데 어깨 위에 있어야 할 물건이 사라져있었다.

후두둑.

하늘로 비산한 핏덩이들이 땅에 떨어졌다. 머리가 사라진 것이 아니라 산산조각이 난 것이다.

퍼억!

그러고도 여세를 해소 못 시켰는지, 음귀의 상체가 땅바닥에 처박혔다. 음귀의 몸이 퍼석— 소리와 함께 땅바닥에 갈려버렸다.

뚝뚝 떨어지는 육편과 핏물이 흙바닥에 수를 놓았다.

사람의 형체라고 부를 수 있는 건 음귀의 가슴 아래 외엔 없었다.

단 한 수에 절정무인을 피떡으로 만들어 보이는 신위.

"아, 아!"

냉검대 무인들은 할 말을 잃었다.

전귀는 벌린 입을 다물지 못했다. 아무리 흥분했다고 하나 음귀가 이렇게 허망하게 당할 줄은 몰랐다. 그것도 경천동지할 초식이 아닌 단순한 주먹질에 말이다.

숫제 말이 되질 않았다.

적어도 전귀의 상식으론.

아무리 방심했다고 해도 음귀 정도의 절정무인을 죽이려면, 초식으로 치열한 공방 끝에 허점을 찾아내는 방법밖에 없었다. 애송이의 격장지계에 당했다고 해도 음귀의 실력이 어딜 가는 게 아니었다.

그런데도 단 한 번의 주먹질에 저런 꼴이 되다니.

보고도 믿기지 않았다 아니, 전귀는 정말 믿지 않았다. 비겁한 암수에 당했다고 여겼다. 초절정 무인이 아니고서야 이런 신위를 보일 수 없었다.

"이 비겁한 놈, 더러운 암수를 쓰다니!"

"더러운 암수?"

"그래, 내 의제를 격장지계도 모자라 더러운 사술로 죽인 게 분명하지. 그렇지 않고서……!"

"모름지기 무인이라면 늘 대비를 해야 하는 법이라며. 그저 운이 없다고 생각하라며?"

자신이 한 말을 그대로 돌려준 독고월에 전귀의 얼굴은 쓸개라도 먹은 것처럼 일그러졌다.

"닥치거라! 네놈은 비겁한 사술을 벌인 게 분명하다!"

"한때 동료였던 하수들을 상대로 뒤통수나 치는 얼치기 주제에 말이 많구나."

"뭐, 뭐라……!"

막 입을 벌리려던 전귀의 얼굴이 붉어졌다. 냉검대원들이 검을 들며 외친 말 때문이었다.

"이 더러운 늙은이! 감히 공영 대주님과 동료를 비겁하게 기습하여 죽인 주제에, 누구보고 비겁하다는 거야? 이 파렴치한 노괴야!"

"그래! 같은 식구나 다름없던 우리를 살인멸구하려 한 주제에 무슨 낯짝으로 지껄이는 것이냐!"

"너희 같은 악적들을 이선이라고 부르며 따랐던 지난날이 후회막심하구나. 냉가장에 적을 두고 그간 신세를 진 것에 대해 일말의 고마움도 느꼈다면, 소장주님을 그리 잔혹하게 죽일 수는 없을 것이다. 이 인두겁을 쓴 노괴야!"

여인을 필두로 한 냉검대원들이 분통을 터트렸다.

전귀가 코웃음 쳤다.

"그 사람 같지 않은 짓을 해대는 냉상위를 죽여줬으면 응당 고마워해야 할 것을. 쯧! 솔직히 냉가장의 장주도 이 내게 고마워할 일이야. 앓던 이를 빼줬으니 말이다. 너희 소장주가 보통 망나니였느냐? 천하에 다시 없을 악독한 인간말종이었지. 냉가장 뿐만 아니라 이 근방의 많은 양민이

이 전귀에게 고마워했으면 고마워했지. 손가락질할 리가
없다!"

전귀의 호통에 적막감만 감돌았다.

그 적막을 깨트린 건 독고월이었다. 고개를 돌려 시선을
뒤로 향했다.

"그렇다는군."

동시에 전귀를 비롯한 모두가 소스라치게 놀랐다.

2

어느새 이곳에 당도한 인영들이 있었다. 독고월이 쏘아
올린 신호탄을 보고 달려온 것이다. 그래도 생각보다 훨씬
빨리 당도했다.

전귀도 계산 밖이었는지 안색이 흙빛이었다

신호탄이 두 번이나 터진 데다, 소장주가 위급하다는 적
색 신호탄마저 터졌다. 소장주의 녹색 신호탄에 미리 대기
하고 있던 것이 분명했다.

온 인물의 면면도 범상치 않았다.

냉검대원들이 하나같이 부복했다.

"장주님!"

반백이 된 머리를 한 장년인을 향해서였다. 냉가장의 장

주 냉유상이었다.

"이게 대체 어찌 된 것이냐?"

불같이 분노할 줄 알았던 냉유상은 의외로 침착했다. 그의 시선 끝에 걸려있는 게 아들 냉상위의 시신인데도 말이다.

빈객으로 보이는 몇몇 노인들은 고개를 가로젓고 있었다. 아들을 잃고도 평정심을 유지해야 하는 장주의 마음을 능히 짐작해서다.

"장주님, 냉검대의 부대주 공희령입니다."

냉검대의 유일한 여인 공희령이 고개를 들었다.

냉유상이 고개를 끄덕였다. 냉검대주의 여동생이라면 믿을만했다.

"말하라."

"이게 어찌 된 것이냐 하면……."

공희령은 여태 있었던 일에 대해 낱낱이 일러바쳤다.

같이 왔던 이들의 안색이 급변했다.

도저히 이선이라 불렸던 이들이 할만한 짓거리가 아니었다. 공희령의 말처럼 인두겁을 쓴 악귀였다.

그녀의 말은 무척 교묘해서 독고월은 쏙 빠져있었다. 오히려 냉검대를 구해준 은인으로 묘사까지 되어 있었다.

듣던 독고월마저 고소를 지을 정도로 공희령은 찬탄에 찬탄을 거듭했다.

물론 어느 정도 맞긴 했다.

독고월이 아니었다면 모두 죽었을 것이고, 공희령은 씻지 못할 치욕을 당하고 이 야산에 뼈를 묻었을 것이다. 거기다 하나뿐인 오라버니의 원수를 갚아준 독고월이었다.

공영을 비겁하게 암습한 음귀를 처참하게 죽이지 않았나.

당연히 공희령으로서는 모든 죄과를 전귀와 음귀에게로 돌릴 수밖에 없었다.

살아남은 냉검대도 생각이 다르지 않은지, 미미하게 고개를 끄덕이고 있었다.

"이런 천인공노할 자들을 봤나!"

"그간 냉가장은 물론, 온 강호인들을 능멸하다니!"

젊은 무인들도 분개했다. 이 지역의 유지인 냉가장에 인사차 머물렀던 강호용봉회의 후기지수들이었다. 냉상위의 신변에 문제가 생겼다는 소식을 접하고 같이 온 것이다.

개중엔 모용세가의 남매도 있었다. 독고월을 보는 두 남매의 눈빛은 깊게 가라앉았다.

공희령도 독고월을 바라봤다.

"…만약 저 공자님이 시기적절하게 소장주님의 수장 호위무사가 가진 신호탄을 터트려주지 않았다면, 저희도 소장주님의 뒤를 따르는 건 물론! 흉수가 누군지도 모른 채 덮어졌을 겁니다. 괴산이귀는 자신들의 정체를 숨기기 위해서 저희를 살인멸구하려던 악적이니까요!"

"괴산이귀!"

황보윤이 놀라 외치자 군웅의 시선이 쏠렸다.

황보윤이 잠시 공수를 들고는 침착하게 말했다.

"십 년 전 무고한 양민들의 재산을 갈취하고 군도에 팔아넘기는 것도 모자라, 양민 처녀를 간살했던 악적들입니다. 무림맹에 의해 공적으로 지목되어 현상금까지 걸려 있죠. 그런데 설마 이선이란 이름으로 냉가장의 빈객으로 있을 줄이야."

황보윤의 설명에 모두가 낯빛을 굳혔다.

서슬 퍼런 군웅들의 눈빛에 전귀는 두 눈을 감았다.

냉유상의 꽉 쥔 주먹이 부들거렸다. 이 일이 강호로 퍼질 시 받을 타격이 걱정되었지만, 저들의 정체도 모르고 빈객으로 우대했던 자신의 모습이 떠올라서다.

하나뿐인 아들인 냉상위의 죽음만으로도 평정을 잃을 것 같은데, 그간 힘들게 쌓아올린 냉가장의 명예와 평판도 땅에 떨어진단다.

머릿속에 끝도 없는 천장단애에 서서 휘청이는 제 모습이 그려진다.

실제로 냉유상은 휘청거렸다.

"장주님!"

놀란 냉검대원들은 물론 냉가장의 빈객들이 다가왔다.

강호용봉회 후기지수들의 시선도 쏠렸다.

그 찰나의 틈.

전귀가 두 눈을 번쩍 떴다. 그리고 전심전력을 다해 진각을 밟았다.

파아아앙!

먼지가 일어나고, 그 혼란을 틈탄 전귀의 신형이 쏜살같이 쏘아졌다. 그 속도로 보건대 이 자리의 어느 누구도 막아설 수 없을 정도였다.

아니.

그래야만 했다.

덥석.

전귀의 발목을 잡는 손이 아니었다면 말이다.

"어디 가느냐?"

"놔, 놔라!"

당황한 전귀가 남은 발로 손의 주인을 찼다.

물론, 그보다 독고월의 손이 잡아끄는 게 빨랐다.

쿠웅!

독고월은 전귀의 발목을 힘껏 잡아당겨 흙바닥에 처박았다.

"크윽!"

흙바닥에 내팽개쳐진 전귀가 벌떡 일어났다. 다시 신형을 날리려는데!

이번엔 그러지 못했다.

사방을 포위한 냉가장의 무인들과 강호용봉회의 후기지수들 때문이었다.

하나같이 형형한 눈빛을 한 그들은 결코, 두 번의 실수를 용납하지 않을 것이다.

전귀의 경공술은 허를 찌를 정도로 대단했다.

만약 전귀를 잡아채어 내팽개친 독고월이 아니었다면 놓쳤을 지도 모를 일이었다.

냉유상은 얼른 정신을 추스르고 명령을 내렸다.

"포박하라, 무림맹으로 압송한다. 그리고 괴산이귀를 받아들인 책임을 냉가장의 장주인 이 냉유상이 진다."

아!

하는 탄성들이 곳곳에서 터져 나왔다.

아끼는 수하들은 물론, 아들마저 잔인하게 살해당했다. 빈객으로 모셨던 이선에게 뒤통수까지 맞았고, 냉가장의 명성에 타격을 입었는데도 피의 복수보다, 무림맹에 맡겨 있지도 않은 죄까지 청한다.

"과연 장주님은 대인이십니다!"

공수를 들며 감탄하는 빈객들의 인사치레가 아니더라도, 강호용봉회의 후기지수들도 고개를 끄덕이고 있었다.

냉상위와 달라도 너무 다르다.

독고월은 피식 웃었다.

호부(虎父)라더니 호부(狐父)란 말이 더 어울린다.

다른 이들은 몰라도 독고월은 알았다. 철저히 계산된 냉유상의 행동을.

독고월을 보는 냉유상의 눈빛은 아들을 잃은 충격받은 사람이라고 보기엔 이지가 넘쳐흘렀다. 아무리 철석간장의 사내라고 해도 자식을 잃고는 저런 눈빛을 보일 순 없었다.

냉유상.

적어도 독고월이 보기엔 자식보다는 가문과 체면을 먼저 생각하는 부류였다. 그리고 아들의 행적을 미화시키고도 남을 위인이고.

독고월을 제외한 모두가 고개를 끄덕이고 있을 때였다.

암담한 현실이 닥쳐오자 전귀의 안색이 어두워졌다. 별거 아니라고 생각했던 독고월이 단숨에 음귀를 죽인 탓에 도망갈 시기를 놓친 것이다. 그 정도로 전귀가 받은 충격은 대단했다.

이 많은 인원은 물론, 저 괴물 같은 애송이에게서 빠져나갈 구멍은 없었다. 무림맹에 잡혀가면 어떤 꼴을 당할지 보지 않아도 뻔했다.

무공이 전폐 된 채, 아무것도 보이지 않는 무림맹 지하의 마인동에서 썩어갈 것이다. 수명이 다해 죽을 때까지.

인세의 지옥이라는 그곳에 득실거릴 존재들이 떠올랐다.

남은 방법은 단 하나다.

전귀가 푸들 거리며 웃었다.

"끌끌! 지옥에 먼저 가서 기다리지."

퍼억!

전귀는 내공이 듬뿍 담긴 일장으로 자신의 천령개를 내리쳤다.

누가 미쳐 말릴 새도 없었다.

털썩.

단숨에 머리가 수박처럼 쪼개진 전귀가 쓰러졌다.

"이, 이런 낭패가!"

모두가 경악했다. 설마하니 스스로 목숨을 끊을 줄은 몰랐던 것이다. 악인일수록 생애에 대한 집착이 많은 법이었다. 한데 전귀는 스스로 목숨을 버렸다.

빛을 잃어가는 전귀의 회색빛 눈동자가 독고월을 바라보고 있었다. 전귀가 지옥에서 기다린다는 대상이 누군지 알만한 모습이었다.

그럼에도 독고월은 심드렁했다.

"목 빠지게 기다리거라. 한 백 년 놀다 갈 터이니."

3

냉가장의 무인들이 냉상위를 비롯한 시체들을 수습하고 있었다. 그중엔 전귀와 음귀의 시체도 있었다. 무림맹으로 가져갈 듯했다.

냉유상이 직접 무림맹으로 간다고 한다.

빈객으로 대우했던 지난날에 대한 죗값을 치르겠다고 했지만, 아들까지 잃은 그에게 죄를 물을 위인은 무림맹에 없었다.

평판을 잃을 위기가 전화위복이 되어 냉가장의 이름을 드높일 기회가 됐다.

아들의 시체를 부여잡으며 냉유상이 오열을 했다. 다분히 의도가 담긴 행위였지만, 모두가 냉유상을 위로했다.

강호용봉회의 후기지수들도 냉유상에 대해 없는 말까지 덧붙여줬다. 그에 대한 안 좋았던 소문들은 지금 이 순간 모두 잊었다.

자리한 빈객들은 냉상위를 괴산이귀에게 억울하게 죽은 청년 협객이란 소리까지 했다.

그간의 악행은 고스란히 덮어진 것이다.

참으로 역겨운 광경이었지만, 이런 걸 자주 봐왔던 독고월이었다. 새삼스러울 것도 없기에 자리를 뜨려 했다.

"잠깐만 기다리게나."

냉유상이 독고월을 불러 세웠다.

주위의 시선이 집중됐다.

독고월이 피식 웃었다.

그냥 넘어가는 법이 없지.

독고월은 우뚝 선 채로 고개만 살짝 돌렸다.

"뭐지?"

"……!"

느닷없는 하대에 냉유상의 눈썹이 꿈틀거렸다. 자신이
들은 말이 믿기지 않은 듯했다. 말투가 불경스럽다.

"뭐냐고?"

독고월의 되묻는 표정도 당연히 곱지 않았다.

강호용봉회의 후기지수들은 벌린 입을 다물지 못했다.
안하무인도 이런 안하무인이 없었다.

냉검대를 비롯한 빈객들은 얼굴이 벌게졌다.

특히 성질 급한 냉검대원들은 검까지 뽑아들었다.

중인이 있는 곳에서 장주에 대한 무례는 결코, 용서할
수 없었다. 설령 그게 대단한 실력을 갖춘 이라고 해도 말
이다.

"말조심하세요, 소협. 아무리 은인이라고 해도 이 이상
의 무례는 용서치 않겠어요."

말한 공희령의 눈빛은 싸늘했다.

소협이라.

독고월의 한쪽 입꼬리가 올라갔다.

"용서치 않으면 네까짓 게 어쩔 건데?"

"……!"

공희령이 눈동자를 화등잔만 하게 떴다. 아까의 유들유
들한 태도와 딴판이었다.

이어진 독고월의 말엔 모두가 아연실색했다.

"정말이지 짜증 나게 구는군."

"닥쳐라! 감히 어디서 건방을 떠는 것이냐!"

빈객 중 하나인 사공찬이 분통을 터트렸다.

독고월이 신형을 서서히 돌렸다.

"그러는 넌, 내가 누군 줄 알고 건방을 떠는 것이냐?"

"이, 이놈이!"

사공찬은 참을 수 없는 모욕감에 양 소매를 걷어붙였다.
절정에 이른 그의 실력은 기세만으로 능히 짐작됐다.

"당장 무릎 꿇고 사죄를 하지 않으면, 내 네놈을 단죄할
것이다."

"쯧쯧! 그 나물에 그 밥이라더니. 그 인간말종하고 다르
지 않군."

인간말종이 누군지 듣지 않아도 뻔했다.

"뭣이!"

사공찬이 화를 참지 못하고 막 달려들려는 찰나.

냉유상이 막아섰다.

"잠깐 기다려주시오. 사 대협, 본 장주의 체면을 봐서라
도 잠깐만 참아주시오."

"알겠소."

사공찬은 어쩔 수 없이 물러섰다.

냉유상이 독고월 앞으로 다가갔다.

"아들과 인연이 있는 듯하여 그저 아비로서, 냉가장의
장주로서 아들의 복수를 대신해줘서 고맙다는 인사를 하
고 싶었다."

그 말에 냉유상을 주위에서 칭송하기 시작했다.

"역시 냉유상 장주는 대인이시오!"

침까지 튀겨가며 감탄을 하는 사공찬을 필두로 빈객들
은 물론, 강호용봉회의 후기지수 몇몇이 상심치 말라며 냉
유상을 위로했다.

"아주 웃기고들 있네."

독고월이 조소했다.

주위의 분위기는 당연히 좋지 않았다.

악화일로로 치닫고 있었다.

모용준경와 모용설화의 낯빛은 좋지 않았다. 이대로 간
다면 그는 냉가장과 척을 지게 될지도 몰랐다. 어쩌면 무
림맹이 움직일지도 모르는 일이기도 했다.

냉검대를 도와주고, 도망가려는 전귀를 잡은 공로로 좋
게 보던 분위기가 반전된 것이다.

그럼에도 불구하고.

독고월은 냉유상의 눈동자를 마주했다.

"인연이라? 그럼 내가 어째서 이곳에서 냉가장의 무인들과 마주하게 됐는지 말해주지. 듣겠느냐?"

"……."

냉유상은 대답하지 못했다. 이런 대우를 받아본 적도 없었고, 이렇게 무례하게 구는 애송이를 상대로 참아본 적도 없었다. 미간에 내천자가 절로 그려졌지만, 한 가닥 남은 본능이 그냥 보내라고 속삭였다. 입에서 나온 대답은 달랐다.

"듣겠다."

"후회할 텐데?"

"말하라."

독고월의 조롱에도 냉유상은 재촉까지 했다. 괴산이귀를 처치한 거나 다름없는 장본인인데다, 공희령이 그에 대해 워낙 좋게 말했었다. 또 어쩌면 은거한 고인의 제자로 수련만 하다가, 이제 막 출두해 강호의 예의범절을 모를 가능성도 있었다. 죽은 아들과 작은 오해가 있다면 풀어주는 게 아비의 도리였다.

주위를 의식한 다분히 계산적인 행동이었다.

독고월은 피식 웃고는 입술을 뗐다. 냉상위와 첫 만남부터 어째서 이곳까지 왔는지, 말도 안 되는 억지로 인해

왜 악연으로 점철됐는지, 또 그 최후는 어떠했는지 하나
도 빠짐없이 말해줬다. 물론 모용설화와 관련된 이야기는
빠트렸다. 그녀와 같이 언급되는 건 독고월로서도 사양이
었다.

독고월이 말하면 말할수록 중인의 안색은 시시각각으로
변했다.

"…엎드려서 용서를 빌어도 내 팔다리를 모두 잘라내
고, 기생오라비 같은 내 얼굴을 칼로 난도질해준다던 네
아들이었지. 나 때문에 치욕을 당했다는 이유로 말이야.
참으로 재미있는 인연이지?"

독고월이 말을 끝내자, 곳곳에서 분노의 함성이 터졌다.

"헛소리하지 말거라!"

"아들을 잃은 장주 앞에서 이 무슨 망발이냐! 네놈이 정
녕 사람이더냐!"

"장주님, 더 들어볼 것도 없이 거짓입니다! 죽은 소장주
님을 욕보이려는 게 분명합니다."

냉검대원들이 벌컥 성을 내며 독고월을 포위했다.

"욕보이려면 애초에 신호탄도 터트려주지 않았겠지. 그
냥 놔둬도 될 것을 내가 왜 그랬을까?"

"……!"

독고월의 말에 냉검대원들이 꿀 먹은 벙어리 마냥 입을
다물었다.

냉유상이 독고월을 지그시 쳐다봤다. 희번덕거리는 눈에 담긴 건 살기였다.

"이제……!"

"인간말종 짓이나 하는 애새끼를 방치하다시피 키운 아비의 얼굴이 궁금했거든. 어떻게 하면 자식 교육을 이따위로 밖에 못하나 싶어서 말이야. 다소 즉흥적인 결정이었지."

"이제 네놈이 한 헛소리에 관한 책임을 묻……!"

"책임! 네놈이야말로 네 아들을 그따위로 키운 책임을 지기는 했느냐?"

"갈!"

더이상 참을 수 없었던 냉유상의 노호를 터트렸다.

약관에 불과한 청년의 하대도 하대지만, 말한 내용도 도저히 그냥 넘길 수가 없었다.

독고월은 피식 웃었다.

"아까 아들의 복수를 해줘서 고맙다는 인사를 하고 싶었다고 했지? 지금껏 들은 개소리 중 단연 최고였어. 네놈이 정말 대인이라면, 한 세력의 수장이라면 지금 당장 내게 무릎 꿇고 용서부터 비는 게 우선 아닐까?"

"이노오옴—!"

냉유상은 머리가 아찔해지는 걸 느꼈다.

이제 주위의 분위기도 걷잡을 수가 없었다.

당장에라도 독고월을 치자는 이들이 수두룩했다. 물론 그들은 냉가장의 빈객들과 냉검대원들이었다.

강호용봉회의 후기지수들은 독고월의 말에 한발 물러서는 쪽을 택했다.

암묵적인 동의.

사실 분위기가 추모하는 쪽이라 그랬지, 그들 또한 냉상위의 안 좋은 소문을 익히 알고 있던 터였다.

그랬기에 아비의 인맥과 금력을 등에 업고 강호용봉회에 들어온 냉상위를 곱게 보지 않았다. 한데 이곳에서 그와 냉상위가 조우한 연유를 알고 나니, 전날 그에게 시비를 걸던 냉상위의 모습이 떠올랐다.

모용준경이 아니었다면, 망나니 같이 굴었을 게 뻔한 상황이다.

독고월의 말은 앞뒤가 딱딱 맞아떨어졌다.

그가 무례하게 구는 것도 어느 정도 이해가 됐다. 냉상위에게 그런 악의적인 일을 당할 뻔했다면 악감정을 가질 만했다.

그런데도 자신을 해하러 온 냉가장의 무인들인 냉검대를 괴산이귀의 손에서 살려줬다. 그 이유가 냉유상의 얼굴을 보기 위해서라고 해도, 그 사실은 변하지 않았다.

그는 냉유상이 잡지 않았다면 말없이 떠나려고까지 했다.

관용을 베푼 건 오히려 그 쪽이었다.

일단은 두고 보기로 했다. 섣불리 나서서 은원을 쌓는 것보다 제삼자로 남기로 한 것이다.

냉유상은 그 분위기를 눈치챘으면서도 체면 때문에 물러설 수가 없었다. 독고월을 노려봤다. 온몸의 근육은 팽팽히 당겨졌다.

빈객들도 장주의 뒤에 시립했다. 한 손 거들겠다는 표현이었다.

독고월의 말은 아직 끝나지 않았다.

"아까 음귀가 네 아들에게 그러더군. 호부견자라고. 한데 직접 보니 호부견자가 아니라, 견부견자(犬父犬子)랄까? 그 아비에 그 자식이지."

세상에 다시없을 조롱이었다.

냉유상은 이성의 끈이 툭! 하고 끊어지는 걸 느꼈다.

"네놈을 살려두면 내가 사람이 아니다!"

"얼씨구, 이젠 자아 성찰까지?"

냉가장 전체를 적으로 돌리고도 독고월은 태연했다.

강호용봉회의 후기지수들은 턱이 빠지도록 입을 벌렸다.

너무 막 나갔다.

第 6 章.

第 6 章.

1

스스슥.

냉검대원들이 독고월의 퇴로를 차단했다. 죽은 인원으로 말미암은 빈자리는 냉가장의 식솔들이 채웠다.

살기가 이곳을 그득 메웠다.

머리끝까지 화난 그들이 독고월을 원형으로 포위한 형세다.

"나 냉가장의 장주 냉유상은 네놈을 결코, 용서하지 않겠다. 그 거짓을 말하는 세 치 혀를 잘라내어 아들의 영전에 바칠 것이다."

"진즉 그럴 것이지. 답지 않은 대인 흉내는 왜 내고 그래?"

조롱은 여전했다.

냉유상 이마 위의 힘줄이 도드라졌다.

사공찬이 끼어들었다.

"이놈이 정녕 죽어봐야 정신을 차리겠구나!"

"아서라, 양상군자에게 당할 정도로 약하진 않다."

독고월이 사공찬에게서 등을 돌렸다.

의도적인 무시다.

사공찬의 안면이 터질 듯이 시뻘게져 있었다. 당장에라
도 달려들 듯이 움찔거렸다.

후기지수들은 고개를 절레 흔들었다.

제삼자인 그들도 이럴진대, 냉가장에 소속된 이들의 심
정은 어떻겠나.

독고월 덕에 위기를 벗어난 공희령마저 살기를 품고 있
었다.

"이노오옴!"

분통을 터트린 사공찬이 전광석화처럼 달려들었다. 선
수필승을 노린 살수였다. 전귀를 낚아채던 실력에 경시하
는 마음을 버린 것이다.

처음부터 절초였다.

독고월을 혼내주고 싶어하는 그 심정을 이해하나, 강호
의 대선배로서는 졸렬한 행동이었다. 거기다 살기까지 듬
뿍 담긴데다 뒤를 노렸다.

휘익!

뻗은 사공찬의 판관필(判官筆)이 독고월의 뒤통수를 찍었다. 강철로 만든 붓인데다 절정의 내공이 담긴 상태다. 위력과 속도는 보지 않아도 대단했다.

강호용봉회의 후기지수들은 헛바람을 삼켰다.

독고월에게 절체절명의 순간이 찾아온 듯 보였다.

모용설화가 저도 모르게 한발 나섰다가, 모용준경의 제지에 도로 들어갔다.

모용준경은 엄정한 표정을 하고 있었다. 모용설화의 눈동자에 어떤 감정이 일렁이고 있었다. 걱정이라는 이름을 가지고 있었기에 모용준경은 허락지 않았다.

결과적으로 그녀의 걱정은 쓸데없는 짓이었다.

획.

독고월은 가볍게 고개를 움직여 피했다. 정말이지 너무 쉽게 피해냈다.

"말도 안 돼!"

이 전광석화와 같은 기습을 피할 줄은 몰랐던 사공찬이었다. 서둘러 판관필을 쥔 손목을 옆으로 휘둘러 두 번째 절초를 펼치려 했다.

퍼억!

하복부에 틀어박힌 팔꿈치만 아니었다면 말이다.

팔꿈치에 의해 사공찬의 의복 위로 소용돌이 주름이

새겨졌다.

터엉.

내공이 듬뿍 담긴 그 한방에 사공찬은 판관필을 떨어트
렸다.

"크허억!"

—퍼석.

사공찬만 들을 수 있는 소리가 말하는 바는 단 하나다.

"아, 안 돼!"

허망한 외침과 극심한 허탈감이 엄습했다.

단전이 깨져버린 탓이다.

그간 쌓아놓은 절정의 내공이 전신을 한 바퀴 휘돌더니,
썰물처럼 빠져나갔다.

단 한방에 고꾸라진 사공찬이 몸을 부르르 떨었다. 엄청
난 충격에 혼절하고 말았다.

"이, 이 악독한!"

빈객들이 주춤거렸다. 사공찬의 한 수는 자신들도 피하
기 어려운 절초였다. 한데 놈은 그걸 피한 것도 모자라 어
린애 손목 비틀 듯이 쉬이 사공찬을 제압했다.

그것도 단 한 방에 무인의 생명인 단전까지 박살 낸 것
이다.

지켜보는 처지에선 말 못한 두려움이 치밀었는지, 서로 눈치 보기 바빴다.

냉유상마저 침음을 삼켰다.

어느 정도 뛰어날 거라 예상은 했지만, 이런 귀신같은 실력을 갖추고 있을 줄이야.

독고월은 냉유상에게 턱짓했다.

"왜 보기만 하느냐? 날 냉가장의 이름으로 용서치 않는다며?"

"쳐라!"

냉유상의 일갈에 냉검대원들이 일제히 검을 휘둘렀다. 하나같이 자신들이 펼칠 수 있는 최상의 절초였다. 그중 가장 나은 검초를 선보인 이는 공희령이었다.

슈슈슈슈슉!

현란한 검영이 독고월을 감쌌다.

당장에라도 독고월의 전신은 난도질 될 듯했다.

찰나의 순간.

스으윽.

독고월이 팔을 부드럽게 휘저었다. 언제 주워들었는지 모를 판관필로 원을 그리고 있는 것이다.

따다다다당!

현란한 검영들이 동시에 튕겨져나갔다.

"아, 아!"

경악할 새도 없이 냉검대원들은 판관필이 확대되는 걸 지켜봐야 했다. 보고 있음에도 막을 수 없는 속도였다.

따다다다다닥!

판관필이 냉검대원의 머리통을 후려갈겼다. 판관필의 속도는 눈이 휘둥그레지다 못해, 풀리게 만들었다.

털썩, 털썩.

혼절한 공희령을 끝으로 멀쩡히 서 있는 냉검대원은 단 하나도 없었다. 냉가장의 식솔들도 땅바닥에서 엎드려 침을 흘리고 있었다.

강호용봉회의 후기지수를 제외하고 남은 인원은 두 명의 빈객과 냉유상이었다.

그들 셋은 기수식을 취했다. 사지가 긴장으로 떨렸다.

"상황이 상황이니만큼 합공을 하지요."

냉유상의 속삭임에 빈객 둘은 고개를 끄덕였다.

하나를 보면 열을 안다고.

조금 전의 격돌을 보건대 섣불리 대했다간 낭패당하기에 십상이었다.

그래도 물러설 수 없었다. 아직 자신을 포함한 절정무인은 셋이나 남았다.

"하아압!"

냉유상이 정면을 향해 신형을 날렸고, 뒤이어 빈객 둘이 독고월의 양쪽으로 짓쳐 들었다.

그들은 자신이 평생을 바쳐 수련한 절기를 펼쳤다.

휘휘휘휙!

일거에 쏟아낸 절기에 담긴 거력은 실로 대단했다. 그들이 자신만만해할 정도로 말이다.

퍼억!

하지만 오른쪽에서 달려들던 빈객이 복부를 부여잡고 고꾸라졌다.

쨍그랑!

왼쪽에서 달려들던 빈객이 든 검이 땅에 떨어졌다. 그역시 복부를 부여잡았다.

"커헉!"

동시에 신음성을 낸 빈객 둘이 모로 쓰러졌다. 그들은 한차례 토혈을 했다.

섬전행을 펼쳐 공세에서 벗어난 것도 모자라, 둘 사이를 벼락처럼 누벼 단숨에 끝장낸 독고월이었다.

빈객 둘은 점점 허탈해지는 단전에 소리 없는 절규를 했다. 의식의 끈이 점점 멀어진 탓이다.

냉유상도 정면에서 달려들다가 얼른 뒤로 내뺀 덕분에 무사할 수가 있었다. 어쩌면 아닐 수도 있고.

"이, 이럴 수가!"

냉유상이 믿을 수 없다는 듯이 독고월을 쳐다봤다.

벼락처럼 움직이고도 고요한 신색이다.

강호에 닳고 닳은 자신의 눈으로 보건대, 못해도 초절정의 경지에 오른 게 분명했다.

그렇지 않고서는 이 상황을 설명할 길이 없었다.

촌각도 안 돼서 쓰러진 인원들을 보라.

절정무인인 사공찬을 비롯한 빈객들을 어린애 손목 비틀듯이 단숨에 끝장냈다.

애송이가 이런 신위를 보일 순 없었다. 약관의 나이에 초절정의 경지에 오르려면 뱃속에서부터 수련해도 불가능했다.

"고, 고인이셨구려. 존성대명을 알려주시지 않겠소?"

냉유상도 실력을 보이니 태도가 달라진다.

전형적인 모리배.

콩 심은 데 콩 나고, 팥 심은 데 팥 난다는 말이 이렇게 잘 어울릴 수가 없었다.

아니지.

이게 바로 약육강식 강호의 단면이었다.

약하면 알아서 기게 하는 강자존의 세상.

독고월은 판관필로 까딱였다.

"고인은 무슨… 이제 와서 알랑방귀 뀌지 말고. 죽이진 않을 터이니 걱정하지 말고 와. 이 판관필의 주인처럼만 속 편하게 해주지."

냉유상은 무심코 사공찬을 비롯한 빈객들을 바라봤다.

혼절한 빈객들의 얼굴은 순식간에 몇십 년은 늙은 듯했다.

속 편하게 만들어준다는 말이 어떤 건지 알만하다. 평생을 쌓아올린 일신의 내공을 잃어버린다는 말이다. 생각만 해도 끔찍하다.

단전이 깨지면 내공을 잃는 건 물론, 다시는 무공을 익힐 수조차 없었다.

독고월과 같은 기연을 겪는다면 가능하지만, 그게 어디 쉬운 일인가?

만분지일 아니, 그보다 희박한 확률이었다.

어찌 됐든 강호인이 내공을 잃는다는 게 어떤 결과를 불러올지는 명확했다. 이 강호를 살아가면서 터럭만큼의 은원을 안 쌓은 이는 없었다.

냉가장을 강호의 내로라하는 세력의 반열에 올리기 위해 어떤 짓을 했을지 뻔히 그려진다.

실제로 냉유상은 원한을 쌓은 게 너무 많았다. 무공을 잃었다는 소문이 돌면 말 그대로 끝장이었다.

눈앞의 가늠할 수 없는 강자는 당연히 그렇게 할 능력이 있었다.

독고월이 화룡점정을 찍어줬다.

"안 오면 내가 가지."

말을 끝낸 순간 어마어마한 기세가 들불처럼 일어났다.

"허억!"

지켜보던 후기지수들마저 한 발짝 물러서게 만들었다.

휘익!

냉유상이 신형을 날렸다.

헛바람을 삼키는 이들이 생겨났다.

독고월의 입꼬리 한쪽이 올라갔다. 사라진 빈자리 때문이었다.

아니나 다를까.

냉유상은 용렬한 위인답게 내뺐다. 그것도 혼절한 수하들과 빈객들을 저버린 채 말이다.

사공찬의 단전을 파괴한 독고월의 무지막지한 손속에 겁을 집어먹은 게 분명하다.

지켜보던 강호용봉회의 후기지수들마저 혀를 찼다.

세간에 알려진 바는 물론, 지금까지와 너무 다른 냉유상이었다. 아무리 두렵기로서니 자신을 따르는 수하들과 빈객마저 버리고 갈 줄은 몰랐다.

거기다가 아들의 시체마저 두고 도주하다니.

후일을 기약한다고 볼 수도 있겠지만, 한 단체를 이끄는 수장으로서 적절치 못한 처사였다.

일신의 무공이 아들의 시체는 물론, 목숨을 건 수하들마저 저버릴 정도로 중요하단 말인가. 그렇다면 앞으로의 체면은 어찌할 거란 말인가.

모용준경을 비롯한 후기지수들은 한숨을 내쉬었다.

냉유상이 이렇게 용렬한 위인인 줄은 꿈에도 몰랐다.

그렇게 분개할 때는 언제고, 형세가 불리해지니 뒤도 안 돌아보고 도주한다.

때마침 공희령이 정신을 차렸다가, 도주한 장주의 빈자리에 넋이 나갔다. 소장주인 냉상위에 이어 장주인 냉유상에게마저 버림받았다.

"흐윽."

오라버니를 잃은 슬픔과 더불어 버림받은 자신들의 처지에 눈물이 절로 나왔다. 앙다문 입술로 독고월을 바라보는 공희령의 눈망울이 사정없이 떨렸다.

이젠 자신의 차례라고 여긴 것이다.

바들거리면서도 검을 들어보지만, 항거할 수 없는 강자의 눈빛은 오금을 저리게 만들었다.

애처롭게 떠는 모습에 강호용봉회의 후기지수들은 한숨을 내쉬었다.

누군가 말리려고 막 나서려는 찰나.

탁.

판관필이 땅에 떨어졌다.

독고월은 찬바람이 일 정도로 홱! 신형을 돌렸다. 냉검대원들에겐 시선조차 주지 않았다.

정신을 차린 냉검대원들은 어안이 벙벙해졌다.

공희령도 독고월의 뒷모습만 쫓았다.

그 누구도 떠나는 독고월에게 말을 붙이는 건 언감생심 꿈도 꾸지 못했다.

"......."

모용설화의 심유한 봉목에도 독고월이 자리하고 있었다.

그녀는 전음이라도 보내볼까 했지만, 그래선 안 됨을 누구보다 잘 알았다.

모용준경이 모용설화의 복잡한 심경을 짐작했는지, 남몰래 한숨을 내쉬었다.

독고월이 점점 멀어졌다.

그걸 아쉬운 눈으로 바라보는 이들이 있었다. 강호용봉회의 후기지수들이었는데, 독고월을 강호용봉회로 끌어들이고 싶은 눈치들이다.

신진고수의 등장.

무지막지하게 강한데다 또래였다. 교분을 쌓고 싶은 것이 당연했다.

강호용봉회에 끌어들일 만도 한데, 수장 격인 모용준경은 무림맹에 보고를 해야 한다며 현장을 수습하잔다. 평소에 영걸들과 교분을 나누는 걸 즐기던 그답지 못한 처사였다.

그래서 그들도 모용설화처럼 독고월의 뒷모습만 담아뒀다.

2

칠 주야가 흘렀다.

무림맹에서 진상조사를 위해 사람을 보냈지만, 냉가장은 발 빠르게 봉문을 하였다.

냉상위의 상과 장주의 와병을 핑계로 누구도 만나지 않았다고 했다.

냉가장 입장에선 이대로 잠자코 있으면 소문이 수그러들 거라 여겼겠지만, 소문은 건기의 들불처럼 삽시간에 번졌다.

냉가장과 괴산이귀, 새로이 등장한 신진고수와 얽힌 일을 모르는 사람이 없을 지경이었다.

발 없는 말이 천 리를 간다고, 강호용봉회의 후기지수들이 안줏거리 삼아 퍼트린 덕에 새로이 등장한 청년고수에 시선이 집중됐다.

강호의 공적인 괴산이귀를 단숨에 무찌르고, 판관필의 고수 사공찬과 냉가장의 정예 냉검대를 일신의 힘으로 단숨에 패퇴시켰단다.

호사가들이 좋아할 만한 화젯거리가 아닐 수 없었다.

지금도 객잔에서 침을 튀기는 매담자 덕에 독고월의 찌푸린 미간은 펴질 줄 몰랐다.

혜성처럼 등장한 영웅호걸이자, 이 강호를 이끌 동량

지재라니.

독고월로서는 조금도 달갑지 않았다. 그나마 다행인 건 독고월이란 이름을 사람들이 모른다는 것이다.

모용설화의 입이 무거운 게 주효했다. 그녀의 입장 상 말할 수도 없고, 말해서도 안 됐다. 이름을 어찌 알았냐며 독고월과의 관계를 추궁당할지도 몰랐다.

모용설화의 옥용이 절로 떠오르자, 독고월이 쓴웃음을 지었다.

"…하여 무명의 청년고수는 강호의 공적인 괴산이귀에 게 개과천선할 기회를 주었지만, 어디 그들이 그냥 악인 이던가. 죄 없는 양민을 모조리 군도의 수적에게 노예로 팔아넘기고, 아리따운 처자를 간살한 천인공노할 죄인이 아니던가. 그럼에도 무명의 청년고수는 천하에 둘도 없 는 악당들마저도 대협의 풍모로 용서를 해주려고 했으 나……."

객잔 안에 있는 사람들이 나직이 감탄했다. 개중엔 이미 죽은 괴산이귀를 욕하는 사람도 더러 있었다.

탁자 위에 걸터앉은 매담자 노인은 한숨을 길게 내쉬고 는 뜸을 들였다.

사람들이 어서 다음 이야기를 하라고 성화를 부렸다.

매담자 노인이 계속 뜸을 들였다.

객잔 주인이 술을 내왔다.

매담자 노인은 여전히 딴청을 피웠다.

그제야 사람들이 눈치를 채고, 투덜거리며 동전을 그 앞에다가 났다.

제법 동전이 쌓이자 매담자 노인이 다시 설을 풀었다.

그리고 이어지는 이야기들은 각색되다 못해, 아예 새롭게 재탄생된 것들이었다.

무명의 청년고수가 공명정대한 심성과 어마어마한 무공으로 괴산이귀를 또 용서하고, 이에 감명받은 괴산이귀가 울부짖으며 하늘에 죄를 청하며 자진하는 대목까진 그럭저럭 참을만했다.

하지만.

괴산이귀의 시체를 무림맹으로 가져가 현상금을 타지 아니하고, 묻어주는 것도 모자라, 그런 내막도 모른 채 공격한 사공찬과 빈객들을 단숨에 패퇴시키고, 괴산이귀를 빈객으로 맞이한 냉유상에게 책임을 물으며 호통을 친 뒤, 아들 냉위상과의 악연에도 그를 용서하니. 냉유상이 눈물을 흘리며 '대협, 죄송합니다!' 라는 대목에선…….

도저히 참아주기 어려웠다.

와전도 이런 와전이 없다.

독고월이 자리에서 일어났다. 마음 같아서는 저 매담자 노인의 입을 봉해버리고 싶었다.

짝짝짝!

하지만 손뼉을 치며 좋아하는 순박한 이들을 보자니 그럴 수가 없고, 힘없는 양민의 생계수단을 뺏고 싶은 마음도 들지 않았다.

"새로운 협객의 등장이로군!"

"그러게 말이오. 요 근래 남궁일 대협이 행방불명 됐다는 이상한 소문이 나돌아 마음이 뒤숭숭했는데 잘됐어."

"그러게 말이오. 요즘 들어 협을 행하는 눈에 띄는 젊은 고수들이 없다 여겼는데, 이름까지 밝히지 않은 청년 협객의 등장이라니!"

너도나도 한마디씩 하며 거들자, 어느새 무명의 청년 고수는 강호에 다시 없을 대협객의 재목으로 거론까지 됐다.

독고월은 짜증이 들불처럼 치솟는 걸 느꼈다. 여기에 좀 더 있다가는 이 객잔 자체를 날려버릴 것만 같았다.

남궁일과 같은 협객이라니!

독고월이 가장 싫어하는 말이었다. 말없이 밖으로 나가려는데.

"무명의 청년고수 정체에 관련된 따끈따끈한 이야기가 하나 더 있소만."

늙수그레한 매담자의 목소리가 귀를 잡아끌었다.

사람들도 들불처럼 일어났다. 어서 알려달라고 성화를 부렸지만, 매담자 노인은 역시나 딴청을 피웠다.

사람들은 욕설을 내뱉으며 또다시 매담자 노인 앞에 구리 동전을 쌓아났다.

그제야 입이 헤벌쭉 벌어진 노인이었다. 돈을 주머니 안에 모두 챙긴 노인이 헛기침했다. 주위의 시선들에 서린 살기 때문이었다.

만약 여기서 잠시 뒤에 공개하겠다고 하면 살인이라도 날 기세였다.

꿀꺽, 꿀꺽.

앞에 놓인 술병으로 목을 축인 매담자 노인이 숨을 한차례 골랐다.

어느 정도의 뜸은 기본이다.

사람들의 얼굴이 달아올라 시뻘게질 때쯤.

매담자 노인을 멱살잡이하려고 누군가 달려들려고 할 때쯤.

노인은 크게 외쳤다.

"독고월! 그게 바로 그 청년의 정체……!"

사람들은 오오! 하며 감탄할 새도 없었다. 매담자 노인 앞에 선 한 청년 때문이었다.

매담자 노인이 당혹한 표정을 했다. 내려다보는 청년의 눈동자에 간담마저 서늘해졌다.

"뉘, 뉘시오?"

탁.

매담자 노인이 앉은 탁자에 손을 올린 독고월이 착 가라
앉은 목소리로 물었다.

"…그 이름 어디서 들었느냐?"

"……!"

매담자 노인은 새파랗게 어린 놈의 하대에 기분 나빠할
수가 없었다. 탁자에 대어진 청년의 손 밑에 깔린 전표 때
문이었다.

자고로 돈 많은 재신에겐 친절은 필수다.

흘끗 보인 전표의 액수도 장난이 아니었다.

매담자 노인은 탁자 위에서 넙죽 엎드렸다. 자신이 아는
대로 상세히 고하기 시작한 것이다.

독고월의 표정이 시시각각으로 변하였다.

매담자 노인이 말을 끝내고 슬그머니 전표의 끄트머리
를 잡았을 때.

파앙!

독고월은 바람처럼 신형을 날렸다.

그 짧은 새에 매담자 노인은 전표를 얼른 사타구니의 속
곳 안에 집어넣었다.

"뭐, 뭐야?"

갑자기 사라진 그에 사람들은 어리둥절해했다. 귀신에
라도 홀린 표정을 지었지만, 매담자 노인이 술술 푸는 이
야기에 귀를 기울였다.

"해서 말일세."

매담자 노인은 혀를 연신 놀려댔다. 청년에게 받은 돈이라면 더는 뜸들일 필요가 없었다. 어서 빨리 이야기를 풀고 전장으로 달려가야 할 액수였다.

그래서 사람들은 두 번 더 동전을 풀고 들어야 할 이야기를 단숨에 모두 들을 수가 있었다.

와아아아.

곧 객잔에서 탄성과 환호성이 터져 나왔다.

길 가던 행인들이 들여다볼 정도로 사람들은 열광하고 있었다.

정의로운 신진고수의 출현과 함께 잔혹무도한 고산채의 괴멸!

힘없는 양민들은 제 일처럼 기뻐하기에 충분하고도 남았다.

그걸 아는지 모르는지.

독고월은 매담자 노인이 이야기한 곳으로 가는 데 여념이 없었다.

휙휙.

스쳐 지나가는 풍경이 뭉개 질 정도로 독고월은 미친 듯이 내달렸다.

"엄마얏!"

"뭐여, 이건!"

저잣거리의 사람들이 바람처럼 내달리는 그에 경악하며 비켜섰다.

독고월이 질주하는 거리는 마차고, 말이고 비켜설 수밖에 없었다.

흉흉한 기세로 내달리는 독고월의 얼굴은.

그야말로 흉신악살(凶神惡煞) 저리가라였으니까.

우르릉!

곧 독고월의 신형은 한 줄기 벼락이 되어 사라졌다.

第 7 章.

第 7 章.

1

똑똑.

한 방울씩 떨어지는 물방울에 어느덧 대나무 물통이 가
득 찼다.

퉁.

대나무가 기울어지며 돌 바닥을 치는 맑은소리가 들려
왔다.

왜국에서 들여온 관상용 기구였다. 사슴을 쫓는 의도로
만든 거였지만, 정원의 정취를 더해줬다.

화려한 용포를 입은 노인이 그걸 보고 있었다. 노인의
입꼬리가 슬쩍 올라갔다.

"독고월이라."

세간을 떠들썩하게 만든 소문의 주인공이었다.

노인의 미간에 내천자(川)가 새겨졌다.

"어찌 보느냐?"

"철모르고 날뛰는 애송이입니다."

아무도 없는 데서 목소리만 들려왔다.

그런데도 정확한 위치가 가늠되지 않는 걸 보아 은신실력이 보통이 아니었다.

물론 노인은 수하의 위치를 누구보다 잘 알았다.

"신원은."

"드러난 실력이 제법이어서 알아보았지만, '독고'란 성을 쓰는 무가는 어디에도 없었습니다. 혹 관가 쪽 인물일까 싶어 알아봤으나 역시였습니다."

"한 마디로 하늘에서 뚝 떨어졌다는 게로군."

"죄송합니다. 속하의 능력이 미비하여."

"아니네. 자네의 능력은 내 누구보다 잘 알지."

노인은 피식 웃고는 걸음을 옮겼다.

주위에서 대기하고 있던 아름다운 시비들이 얼른 다가왔다. 그리고 노인의 뒤를 따라 걷기 시작했다.

노인이 나직한 목소리를 내었다.

"일단은 놔둬도 되겠지."

"……."

"대신 귀는 열어두도록. 특별한 일이 있으면 계속 보고 하도록 하고."

"네."

"그리고 한 달 뒤에 열릴 용봉대전의 준비는 차질없이 진행되고 있는가?"

"쥐들이 들어올 것이 분명합니다. 신원확인을 좀 더 확실히……."

"애초에 그러라고 만든 용봉대전 아닌가? 놔두게."

"…존명."

짤막하게 답한 수하의 인기척이 사라지자, 노인이 뒤를 돌아봤다.

"오늘은 누구 차례더냐?"

시비 중 하나가 한 발 나섰다. 방년도 채 안 돼 보였다.

"소녀이옵니다."

말한 시비는 동안에 어울리지 않는 육감적인 몸매를 가지고 있었다.

"좋구나."

청수한 인상에 어울리는 그윽한 미소였으나, 시비의 눈동자는 잘게 흔들린다.

노인이 다시 앞장섰다.

동안의 시비만 총총걸음으로 그 뒤를 따랐다.

남은 시비들은 안도의 한숨을 내쉬고는 주안상을 보기 위해 뿔뿔이 흩어졌다.

괴괴한 침묵이 감도는 대전.

그 분위기에 딱 어울리는 마귀의 조각상이 있었다. 그 손에 들린 불꽃이 활활 타올라 자리한 인영들의 면면을 비췄다.

턱을 괴어 앉아있는 머리가 반백인 사십 대 장한 밑으로, 짙은 핏빛 장포를 입은 초로인들이 쭉 자리해 있었다.

그들은 마교의 교주와 장로들이었다.

교주가 나른한 어조로 물었다.

"하여 독고월이란 애송이가 이룬 무위가 우리 늙은이들과 비교해 떨어지지 않는단 말이더냐?"

"네, 괴산이귀가 일초지적도 되지 않았다고 합니다."

부복한 무인의 보고에 장로들이 발끈했다.

개중 우락부락한 근육질의 노인이 눈동자를 스산하게 빛냈다.

"괴산이귀 따위를 통해 애송이를 본교의 장로들과 비교하다니. 그간 대주의 담이 보통이 아닌 줄 알았지만, 오늘 보니 정말이지 대단하군!"

교주 앞이라 기세를 함부로 드러내지 못했지만, 눈빛만으로 부복한 대주라 불린 무인을 찢어 죽이고도 남았다.

그럼에도 대주라 불린 무인의 자세는 조금도 흔들리지 않았다. 자그마치 마교의 대외적인 무력단체 혈풍대

의 대주다. 이 정도에 흔들릴 정도면 혀를 빼물고 죽어야
했다.

교주가 피식 웃었다.

"그거 재밌군. 약관도 안 되어 보인다는 애송이가 초절
정의 경지에 이르렀다니. 어미 뱃속부터 무공을 익히고 나
와야 가능한 일인데, 그냥 갑자기 뚝 떨어졌다?"

무림맹, 흑도맹, 마교 할 것 없이 손가락으로 꼽을 정도
인 초절정 무인의 수다.

갑자기 강호에 뚝 떨어진 초절정 무인의 등장.

거기다 약관도 안 된 애송이라니 믿을 수가 없었다.

장로들 대부분은 헛소리로 치부했다. 눈을 어디다 달고
다니느냐며 혈풍대주를 면박 줬다. 이립에 불과한 나이에
불과해 아직 사리분별을 잘 못한다는 말까지 나왔다.

혈풍대주가 두 주먹을 꽉 쥐었다. 힘줄이 툭 불거졌다.

"어느 안전이라고 거짓을 고하겠습니까? 혈풍대를 동원
해 직접 잡아다 대령해드리면 되겠습니까?"

대가 센 그의 외침에 장로들이 인상을 일그러트렸다. 교
주가 총애하는 인물인지라 대놓고 화를 내진 못해도, 옭아
맬 순 있었다.

"대주, 그 말에 책임을 질 수 있겠나?"

근육질의 노인이 한 말에 혈풍대주는 말없이 고개를 스
윽 빼냈다. 제 목을 걸겠다는 이야기였다.

당당하긴 하나 장로들은 그의 태도가 맘에 들지 않았다.

그래서 장로 중 하나가 공중하여 혈풍대주를 보다 확실히 옳아 매려는 순간.

교주가 끼어들었다.

"재밌군."

웃음기를 아예 지운 그 말에 다들 입을 다물었다. 위엄도 위엄이지만, 교주가 재밌다는 말을 하면 반드시 재미없는 일이 벌어져서다.

지금은 몸을 사려야 할 때다.

교주가 뒤를 향해 손짓했다.

검푸른 장삼을 입은 노인이 기다렸다는 듯이 한 발 나섰다.

"하명하십시오, 교주님."

"소군(素珺)을 보내도록. 사내를 확인하는 데 있어선 그녀가 최고지."

"명을 받들겠습니다."

노인은 공손하게 읍한 뒤 대전을 나섰다.

장로들도 말없이 고개를 끄덕였다. 그녀라면 사내의 뼛속까지 캐고도 남음이었다.

장로 중 하나가 슬그머니 눈치를 보며 말했다.

"그녀가 나서면 죽을 것입니다. 연고지도 없는 자인데 영입을 고려하심이 어떠신지?"

교주가 입가에 모호한 미소를 그렸다.

"그래서 소군을 보낸 것이다."

화려하기 그지없는 전각.

빼어나게 아름다운 무희들이 하늘거리는 나삼을 입고 춤을 추고 있었다.

껄껄대며 술을 마시는 험상궂은 사내들 옆에는 나긋나긋한 미녀들이 시중을 들었다.

사내들은 미녀들에게 음탕한 짓거리를 서슴없이 해댔다.

미녀들은 교태를 부렸다.

그런 그들을 보는 상석의 인물이 있었다. 척 보기에도 나 악당이요 라고 말해주는 얼굴의 끔찍한 흉터, 거구에 어울리지 않는 소도(小刀)를 매고 있는 텁석부리였다.

그가 바로 흑도맹주다.

그의 옆에 앉은 여인들은 하나같이 절색이었다. 그리고 절정 중의 절정인 최절정고수였다.

흑도맹주를 밤낮으로 호위한다는 흑화(黑花).

그 열 명의 흑화 중 하나가 입술을 나풀거렸다. 그녀가 바로 흑화의 수장인 일화겠다.

"마교 쪽에선 우물(尤物)을 보냈다고 합니다."

"무림맹은?"

"무림맹 쪽에선 용봉대전을 개최하기 위한 준비 외엔 별다른 움직임은 없습니다."

"……."

흑도맹주는 술잔을 기울였다.

무희들의 춤이 과감해질수록, 연회의 분위기는 농익었다. 미녀들을 주물럭거리는 사내의 손길들이 과감해지고 있었다. 금방에라도 미녀들을 자빠트릴 듯했다.

그럼에도 일화를 포함한 흑화들은 고요한 신색을 유지하고 있었다.

묘령에 접어든 여인들이라 부끄러워할 만도 했지만, 처음부터 흑도맹주를 위해 키워진 그녀들이었다.

흑도맹주는 미녀의 허리춤을 풀어헤치려는 수하들의 행태에 피식 웃었다.

"얻어야 한다고 생각하나?"

"네, 소문대로 초절정 무인이라면 만금을 줘서라도 끌어들여야 합니다."

잠시 흑도맹주의 반응을 살피던 일화가 이어 첨언했다.

"고산채를 궤멸시켰다고 하지만, 반드시 저희 맹으로 끌어들여야 합니다."

"어째서?"

"잔혹한 손속을 보건대 정파 쪽 인물이 아니어서입니다. 일설에 의하면 대협이라 불리는 걸 굉장히 싫어한답니다."

"계속해봐."

흑도맹주가 마음에 든다는 듯이 단숨에 술잔을 비웠다.

"거기다 무림맹에 한 발 담그려 했던 냉가장의 명성에 궤멸에 가까운 타격을 입힌 걸 보면. 무림맹에 뜻이 없는 걸로 사료됩니다."

"그래서 우리가 취해야 한다고?"

"네, 한 사람의 초절정 무인이 아쉬운 이때입니다. 무림 맹이나 마교 쪽에서 손을 먼저 쓰기 전에 저희 쪽에서 데려가야 합니다. 그들이야 있어도 그만, 없어도 그만이나. 그들보다 초절정 무인이 부족한 저희 쪽에선 반드시 필요하지요."

흑도맹주는 고개를 끄덕였다.

"방법은 있고?"

일화가 화사한 미소를 지었다.

"자고로 사내라면 미녀를 마다치 않는 법이지요. 한창때인 약관의 청년이라면 말할 것도 없고요."

"하긴, 우리 쪽 미녀들이 죽여주지. 무림십미 중 절반이 우리 쪽이니까."

"네, 바로 그렇습니다. 무림십미 중 수좌인 그녀라면 충분할 것입니다."

흑도맹주와 일화가 동시에 옆을 바라봤다.

그곳엔 면사를 쓴 여인이 고요히 앉아있었다. 그리고 그 앞에 놓인 목함이 보였다.

"흑신단(黑神丹)까지?"

"네. 이 정도라면 저희 쪽에 충성을 맹세하고도 남음이 지요."

일화가 자신만만한 눈빛을 했다.

하지만 흑도맹주가 아깝다는 듯이 입맛을 다셨다. 무림 일미와 흑신단을 번갈아 바라봤다.

"남 주자니 좀 아깝군."

하지만 일화를 포함한 흑화들의 눈빛이 싸늘해졌다. 자 신들만으로 부족하냐는 책망 어린 눈빛이었다.

흑도맹주가 껄껄 웃었다.

"남이 될 사람이 아니라면 조금도 아깝지 않지. 내가 직 접 가서 확인해야겠다."

흑화들의 눈초리가 더욱 가늘어졌다. 여전히 의심스럽 다는 것이다.

흑도맹주는 맥없이 수하들을 향해 소리쳤다.

"이 녀석들, 당장 집어치우고 물러가거라! 이 무슨 해괴 망측한 짓거리냐? 빨리 안 들어가! 오늘 연회는 끝이다, 끝!"

그 성질머리에 풍악이 멈추고, 무희들이 물러났다.

본격적으로 일을 벌이려던 수하들이 한숨을 내쉬었다. 동쪽에서 뺨 맞고 서쪽에서 화풀이하는 흑도맹주를 한두 번 보는 게 아닌지라, 다들 군말 없이 자리를 떴다.

흑도맹주도 그 틈을 이용해 빠져나가려고 했지만, 그림 자나 다름없는 흑화들을 떨쳐내기란 요원한 일이었다.

2

작은 손이 비수를 만지작거렸다.

지금 서문평은 갈등하는 중이었다.

유리걸식으로 연명하는 것도 하루 이틀이지, 벌써 보름 이 넘게 흘렀다.

꼬르륵.

낯 뜨거울 정도로 큰 배곯이 소리가 터져 나왔다.

한창 먹을 때인 서문평이 객잔 창문 앞에서 손가락만 빨 아야만 대는 이유는 간단했다. 노잣돈이 없었다. 독고월을 급히 따라나선 터라 챙겨오지 못한 것이다. 그래서 반 시 진 째 이러고 있었다.

왜냐고?

아까도 말했듯이 서문평은 지금 갈등하는 중이었다.

지금 손아귀에 쥔 비수를 파느냐, 마느냐의 갈림길 중간에

서 있었다.

강호의 존폐를 앞둔 영웅이 이런 심정일까?

물론 서문평의 머릿속엔 온통 배 터지게 밥 먹는 생각밖에 없었다.

"안 돼!"

작은 고개를 도리질 쳤다. 하마터면 악귀의 유혹에 빠질 뻔했다.

초난희 누님이 유일하게 남긴 유품을, 그것도 독고월 형님을 가리키는 희망의 지표를 팔 생각을 하다니.

통탄할 노릇이다.

"이렇게 후안무치할 수가 있단 말인가!"

털썩.

무릎을 꿇은 서문평이 좌절했다. 자신도 결국 어쩔 수 없는 사람인가 싶었다.

남궁일 대협처럼 아니, 독고월 형님처럼 되기 위해서는 이 정도의 배고픔 정도는 웃어넘길 수 있어야 한다.

"……!"

서문평이 고개를 바짝 들었다. 다부진 그 눈망울에 잡힌 물건이 있었다.

바로 허리춤에 매달린 검이었다.

전가의 보도는 아니어도 동고동락했던 이 검을 팔면 며칠은 배불리 먹을 수 있을 것이다. 따뜻한 잠자리와 목욕

물도 가능하다.

벌써 며칠째 씻지를 못해 몸에서 냄새가 났다.

영락없는 거지꼴을 한 서문평의 눈망울이 슬픔에 젖어 들었다.

"안된다, 안 돼. 이 무슨 끔찍한 생각이란 말인가. 배고 픔에 내 벗마저 팔아먹으려고 하다니!"

꼬르르륵!

앞서 것보다 더 큰 배곯이 소리였다.

뱃가죽이 등에 달라붙는 중이다.

모락모락.

객잔 안에선 기름진 음식냄새가 풍겨왔다.

킁킁.

작은 콧구멍이 절로 벌름거려진다.

"아아! 동파육은 안 되는데! 제발, 동파육만은 안 되는 데!"

서문평은 조막만 한 머리를 감싸 쥐며 괴로워했다. 그러 다 손아귀에 쥔 비수가 눈에 들어왔다.

이걸 팔면.

달포는 배터지게 먹고도 남음이다.

벌써 동파육이 입에 들어간 것 마냥 침이 질질 흘러나왔 다. 끝내주는 냄새에 눈이 뒤집히기 시작했다.

−···월(月)이라 쓰인 비수를 가지고 있는 분이 바로 그
고고한 달님이란다.
 −누님, 그분의 영명이 고고한 달님입니까?
 −아니, 독고월이란다.

 "······!"
 초난희 누님이 했던 당부가 불현듯 떠올랐다.
 스윽.
 울상이 된 서문평이 비수를 힘들게 품속에 집어넣었다.
 그 짧은 동작이 꽤 오래 걸린다. 그것만 봐도 지금 서문
평이 얼마나 갈등하는지 알만했다.
 객잔 안의 사람들은 그 나름대로 불편하기 그지없었다.
 웬 거지꼴을 한 아이가 나타나더니 창가에 딱 달라붙
어서 하염없이 바라보고 있었다. 그리고 음식이 나오자
엄청나게 괴로워하며 무릎을 꿇는다. 연신 뭐라 주절대
면서.
 그러니 음식이 입으로 들어가는지 코로 들어가는지 모
를 지경이었다.
 처음엔 객잔 주인도 장사에 방해되기에 쫓아낼까 했다.
유리걸식하러 온 비렁뱅이인 줄 알았다.
 하지만.
 왜소한 허리춤에 매달린 기다란 검이 보였다.

반평생을 눈치만 봐온 객잔 주인이 보기에 꽤 값나가는 물건이었다.

대로변에 그것도 어린애가 저런 물건을 가지고 다닐 정도라면, 답은 하나였다.

강호인.

거지꼴이나 다름없는 데도 입은 의복도 고급이었다. 먼지로 더러워져서 그렇지, 제법 있는 집 자식이 아니면 입을 수 없는 비단의복이다.

왜 무가의 철없는 자제들이 강호행한답시고 집 나가서 개고생을 사서 하지 않나.

그렇기에 객잔 주인은 연거푸 한숨만 내쉬었다.

지금도 어린 비렁뱅이는 창가에 매달려 손님이 시킨 동파육을 뚫어지게 노려보는 중이다.

"……."

덕분에 동파육을 시킨 손님들은 손도 대지 못하고 있었다.

만약 눈으로 음식을 먹는 무공이 있었다면, 동파육은 흔적도 없이 사라졌으리라.

그 비렁뱅이가 침을 꼴깍꼴깍 삼켰다.

유난히도 그 침 삼키는 소리가 거슬린다.

"제길! 도저히 못 먹겠네."

젓가락을 내던진 성질 급한 손님도 생겼다. 물론 그

비렁뱅이가 워낙 불쌍하게 보인지라 인상만 쓰고 나갈 뿐이었다.

비싼 동파육을 시킨 손님은 아니었다.

지금 그 둘은 젓가락을 들지도 않고 있으니까.

"이것 참."

헛웃음을 지은 청년이 고개를 절레 저었다. 가시방석이 따로 없었다. 저렇게 애절한 눈빛으로 자신들을 보는 것도 아니고, 오로지 동파육만 바라봤다.

꼬르륵.

자신의 의견을 우렁차게 피력하면서 말이다.

그 순후한 눈망울에 담긴 뜻을 외면하기엔 그 둘은 너무 착했다.

"이리 오너라."

청년이 손짓했다.

객잔 안의 손님들이 인상을 썼다. 냄새나는 비렁뱅이가 있는 데서 식사를 하고픈 생각은 없었다. 하지만 청년의 의복과 허리춤에 찬 검을 보고는 막지 못했다.

강호인의 행사에 나섰다간 낭패를 당할지도 몰랐다.

사소한 다툼에도 칼부림을 벌이는 강호인들이었다. 거기다 이곳은 흑도맹과 무림맹의 경계지역이었다.

강호인 중에 참을성 없는 흑도인들도 더러 있지 않은가.

눈먼 칼에 맞아 죽기 십상이다.

"소, 소생 말이오?"

때가 탄 작은 손가락으로 저를 가리킨 비렁뱅이.

그 커진 눈망울과 꾀죄죄한 몰골, 어른스런 말투가 묘한 대비를 일으켰다. 어리숙해 보이기까지 했다.

기대감이 찬 그 순후한 눈망울에 청년은 피식 웃었다.

옆에 있던 나머지 일행은 여인도 풋! 하고 말갛게 미소 지었다. 여인이 가녀린 섬섬옥수로 손짓까지 했다.

선남선녀의 부름에 서문평은 얼굴을 빨갛게 물들였다.

"시, 실례 좀 하겠소."

쭈뼛거리며 객잔 안으로 들어왔다.

<u>스스스스.</u>

제 몸보다 긴 검이 질질 끌리며 바닥을 쓰는 소리보다, 더 신경 쓰게 만드는 것이 있었다.

소리의 진원지께서 풍기는 꼬리꼬리 한 냄새겠다.

객잔 안의 사람들의 안색이 급변했다.

"크윽!"

"이, 이게 무슨 냄새야?"

알면서도 되묻는 말에 담긴 건 어서 내쫓으라는 것이다.

하지만 객잔 주인은 외면했다. 이미 들어온 이상 어쩔 수가 없었다.

진즉 돌려보냈다면 모를까.

서문평은 홍시처럼 빨개진 얼굴로 손가락을 꼼지락댔다. 주저하는 모양새지만, 앙증맞은 발은 이미 사양치 않았다.

벌써 선남선녀 앞까지 당도한 것이다.

꼬리꼬리한 냄새에 둘 다 볼이 살짝 떨렸지만, 참을만했기에 자리를 마련해줬다.

"앉아서 들거라."

잘생긴 청년의 말에 서문평은 감격에 겨운 표정을 했다. 금방에라도 눈물을 뚝뚝 흘릴 것처럼 울먹이기까지 했다.

"끄윽, 끅! 잘생긴 소협과 아름다운 소저의 은혜에 감사하오!"

작은 몸으로 야무지게 포권까지 하자, 여인은 재차 웃음보를 터트렸다.

"호호, 누군가 했더니 이제 알겠네요."

"설화, 그게 무슨 말이냐?"

청년 모용준경이 의아해했다. 그의 동생 모용설화가 아는 눈치여서다.

모용설화가 맑은 눈빛으로 서문평을 바라봤다.

"안녕? 서문세가의 골칫덩어리."

"……!"

염치불구하고 막 자리에 앉으려던 서문평이 돌처럼 굳었다.

모용준경이 아! 하고 손뼉을 쳤다. 그제야 서문평의 허리춤에 찬 검이 눈에 들어왔다. 검집에 서문세가의 표식이 있었다.

"그 꼬맹이를 말하는 거군!"

"맞아요, 오라버니."

모용설화가 맞장구를 쳤다.

서문평은 한 번도 본 적 없는 자들이 자신을 어찌 알아봤는지 궁금해할 새도 없었다. 얼른 뒷머리를 긁적이며 헤헤거리느라 바빴다.

"저 서문평 아닌데요?"

말투까지 바꾼 서문평의 눈물겨운 노력.

일단은 오리발 내밀고 보는 거지.

3

모용설화는 귀엽다는 듯이 서문평의 볼을 만지작거렸다.

"너 정말 소문대로구나? 콱 잡아먹고 싶을 정도야."

그 음흉한 말과 눈빛에 모용준경이 헛기침을 했다.

"설화야."

주위를 상기시켜줬지만, 모용설화의 눈은 고개를 푹

숙인 채, 동파육만 쩝쩝대는 서문평에게서 떨어질 줄 몰랐다.

"어떻게 자기 이름을 묻지도 않았는데, 말하면서 아니라고 발뺌을 하니? 하지만 그런 면도 너무 귀여워."

서문평은 어리숙한 자신의 실책이 새삼 떠올랐다.

-저 서문평 아닌데요?

서문평의 입꼬리가 절로 아래로 향해졌다. 울상이었다. 동파육을 향해 놀리던 젓가락질마저 멈췄다.

뚝뚝.

닭똥 같은 눈물이 탁자에 떨어졌다.

모용설화는 그 모습도 귀엽다며 좋아죽었다.

모용준경은 그만 하라며 동생을 나무랐다.

"끄으윽!"

서문평이 소매로 눈을 문질렀다. 그 덕분에 거뭇했던 동안이 더욱 꾀죄죄해졌다.

그럼에도 모용설화의 눈은 서문평에게서 떨어질 줄 몰랐다. 내심 이런 귀여운 동생이 있었으면 했던 그녀였다.

"어쩜 우는 모습까지 이리 귀여울까?"

동생의 말에 모용준경은 고개를 절래 저었다. 한숨이 절로 나왔다.

우는 와중에도 입을 오물거리던 서문평이 고개를 들었다.

"소저, 소생을 그만 놀리시오."

"어머, 말투 좀 봐. 소문대로 너무 귀여워. 나보고 소저라니."

그러면서 상체를 서문평을 향해 바짝 끌어당겨 앉았다.

서문평이 물러나서 앉을 정도였다.

"이, 이제 그만 놀리십시오. 자꾸 이러시면 내 형님이 소저를 용서치 않을 것이오."

"형님? 우리 평이에게 형님도 있었어? 내가 기억하기엔 없는 걸로 아는데? 누이만 셋일 텐데?"

모용설화가 봉목을 깜빡이며 되물었다.

모용준경은 남몰래 한숨을 내쉬었다.

벌써 우리 평이란다.

서문평의 얼굴이 홍시처럼 붉어졌다.

언제 봤다고 우리 평이란 말인가. 게다가 자신의 가족 계보는 어찌 알고서!

이상한 여인이다.

"소, 소생을 계속해서 놀리면 내 형님에게 말하겠소."

딱 애 다운 협박이었다.

모용설화는 요, 깜찍한 것이! 란 생각을 하며 벌떡 일어 났다. 그리곤 놀란 서문평 옆에 딱 달라붙어 앉았다.

"아이구, 무서워라. 이제 안 놀릴게."

하나도 안 무서운 표정으로 모용설화가 말했음에도 서문평은 고개를 끄덕였다.

"걱정하지 마시오. 더이상 날 놀리지 않는다고 약조하면 형님께 말하지 않겠소."

만족한 서문평이 다시 젓가락을 놀리기 시작했다. 동파육을 입에 집어넣고 오물거리느라 정신이 없었다.

모용설화와 모용준경은 서로 마주 보고는 실소했다.

순수해도 너무 대책 없이 순수하다.

걱정이 자연스레 되었다. 설마 비렁뱅이 꼴이 된 게 사기를 당해서 그런 건 아닐까 싶었다. 서문평의 형님이란 작자에게 말이다.

"근데 우리 평이의 형님은 누구니?"

"도……!"

모용설화의 상냥한 목소리에 서문평은 반사적으로 답할 뻔했다.

강호에서는 노인과 여인, 아이는 조심 또 조심해야 한다.

특히 친절하다면 더더욱!

화들짝 놀란 서문평의 눈에 경계하는 기색이 역력하다.

모용설화가 눈을 샐쭉하게 떴다.

"흥!"

콧방귀를 끼며 동파육을 치웠다.

"아아."

심술궂은 장난이었는데, 서문평은 세상에 다시 없을 충격을 받은 사람처럼 굴었다. 그러다 고개를 절래 흔들었다. 동그랗게 오므린 입술이 말해줬다.

이제 배 좀 불렀다 이거다.

모용설화가 눈을 가늘게 떴다.

"호오, 이렇게 나온단 말이지?"

"……."

일종의 자존심 싸움이었다.

지금까지의 서문평이라면 오히려 말해줬을 것이다.

입이 너무 근질근질한 터라 여정 중에 줄곧 떠들고 다니지 않았나.

하지만 왠지 눈앞의 그녀에겐 말해주고 싶지 않았다.

숫제 애 취급이다.

이젠 한 사람의 어엿한 협객이거늘. 언제 봤다고 자꾸 우리 평이란 말인가?

자신에 대해 잘 알고 있는 것도 마음에 걸렸다. 서문평으로서는 입을 다물 수밖에 없었다.

모용준경이 이마를 손으로 짚었다. 모용설화의 성격을 누구보다 잘 아는 그였다. 이제부터 괜한 고집을 부릴 것이 분명했다.

"그래? 우리 평이가 말을 안 해준다면 어쩔 수 없지."

이봐라.

탁 소리 나게 동파육을 내려다 놓은 모용설화가 고개를 획 돌린다.

서문평의 희미한 눈썹이 살짝 떨렸다.

모용설화가 삐죽 나온 입술을 놀렸다.

"서문세가에 연통을 넣어야겠네. 가출한 골칫덩어리를 데리고 가겠다고."

"……!"

서문평이 벌떡 일어났다. 어떻게 그럴 수 있느냐는 듯이 바라봤다. 그 표정은 흡사 불의를 보고 비분강개하는 협객과 같았다.

모용설화는 도도하게 콧대만 치켜들었다.

서로 쳐다보는 눈빛 사이에 불꽃이 튀었다.

실소한 모용준경은 팔짱을 꼈다. 유치한 신경전을 벌이는 둘 사이에 껴들 수는 없는 노릇이었다. 그리고 승자는 처음부터 가려져 있었다.

"끄윽, 끅!"

"흥!"

서문평의 울먹이는 소리에 뒤이어 들려오는 승리감에 젖은 모용설화의 코웃음.

애다.

둘 다 애다.

마음 같아서는 훌쩍이는 서문평을 다독이고 싶었지만, 그럴 수가 없었다. 동생 모용설화의 끼어들지 말라는 눈빛 때문이었다.

모용설화도 덩치만 컸지 하는 짓은 영락없는 어린애다.

"자, 이젠 우리 평이의 형님에 대해 하나도 빠짐없이 읊어보렴."

"……."

서문평이 침묵으로 반항을 해보지만, 모용설화의 치졸한 협박 앞에서는 무소용이었다.

"서문세가에 연통을 넣을까? 말까?"

지그시 두 눈을 감은 서문평이 긴 한숨을 내쉬었다. 결국, 자신이 졌다.

"정말 끈질기시오. 나 서문평을 이렇게까지 들었다 놨다 농락한 사람은 소저가 처음이오."

"언제까지 소저라고 부를 거니?"

모용설화의 표정이 샐쭉해졌다.

서문평은 희미한 눈썹으로 팔(八)자를 그렸다.

"내 입에서 들을 수 있는 말은 소저 외엔 없소이다."

복수라면 나름의 복수인데.

상대가 나빴다.

"서문세가?"

"앞으로 누님으로 모시겠습니다."

서문평이 야무지게 포권했다. 죽어도 세가로 돌아갈 수
없다는 의지가 느껴졌다.

그 모습이 여간 귀여운 게 아니었다.

모용설화는 물론, 모용준경까지 드물게 웃음보를 터트
릴 정도다.

서문평이 고개를 갸웃거렸다.

배를 잡고 웃던 모용설화가 손사래를 쳤다.

"아니야, 어서 우리 평이의 형님에 대해 말해봐. 대체
어떤 사람이야?"

형님이란 말에 서문평의 초점이 아련한 곳을 바라보
았다.

기억을 회상하는 것이다.

"제 형님으로 말할 것 같으면 이 강호에 유일무이했던
인의무적 남궁일 대협처럼 대단한 분이십니다."

대체 누구기에 그 유명한 남궁일 대협과 비교하는 걸
까?

모용준경도 궁금해질 정도로 서문평이 형님에 비교한
대상은 어마어마한 존재였다.

남궁일.

서문세가의 요 골칫덩어리도 앞뒤 안 가리고 빠질 정도
로, 정파 무림에선 흠모와 존경의 대상이었다.

오죽하면 차기 무림맹주로 거론까지 됐을까.

남궁세가와 사이가 그리 좋지 않은 모용세가도 남궁일
이라면 한발 물러설 정도였다. 야망이 넘쳐 흐르는 모용세
가인데도 말이다.

그리고 모용준경이 세상에서 가장 존경하는 단 두 명의
인물이 있었다. 바로 아버지인 모용선과 남궁일이다. 아버
지야 어렸을 적부터 쭉 봐왔으니 그렇다 치더라도, 남궁일
은 아니었다.

이룬 업적은 말 그대로 엄청났다.

마교 철갑귀마대의 행군 경로에 양민의 마을이 있다는
이유 하나로, 단신으로 맞서 물러가게 한 일.

길가다가 어깨를 부딪쳤다는 이유로 양민을 죽이려던
흑도맹의 혈랑단주를 감화시켜 울게 한 일.

그리고 부정한 방법을 이용해 부를 축적한 무림맹 감찰
단의 고발까지.

당시의 감찰단주는 남궁세가의 인물이었다.

이것들도 수많은 일화의 한 토막도 안 됐다.

남궁일이 정의를, 협의를 위해 행한 일은 일일이 기억조
차 하는 게 불가능할 정도로 많았다. 은연중에 떠도는 소
문으론 빈민들을 위하여 아무도 모르게 꾸준히 기부까지
했다고 한다.

드러난 선행보다 감춘 선행이 더 많은 인물.

그가 바로 남궁일이었다. 요즘 들어 행방불명됐다는

소문이 돌았지만, 또 남모르게 협행을 떠났을 것이 분명했다.

그야말로 대단한 위인(偉人)이었다.

한데 지금 이 서문세가의 골칫덩어리가 그런 위인을 자신의 형님에 비견된다고 말한다.

모용준경뿐만 아니라, 모용설화로서도 관심이 가지 않을 수 없었다.

대체 누구기에, 남궁일에 광적으로 집착한다는 서문세가의 골칫덩어리에게서 저런 말을 들을 수 있을까?

서문평은 궁금해하는 둘의 눈치에 목소리를 가다듬었다.

그간 유리걸식하러 돌아다니면서 객잔에서 떠들었던 이야기보따리를 풀 작정이었다.

그러다 형님임이 분명한 반가운 소식까지 들어, 말한 매담자 노인에게 그 청년의 정체에 대해 말해주지 않았던가. 덤으로 고산채와 화전민촌 참사에 관련된 일까지 말해줬고.

비록 가던 길에 동파육에 낚여서 이렇게 협박에 굴해 말하게 돼서 좀 그렇지만, 아무렴 어떠랴.

독고월이란 형님의 이름을 세상에 드높이는 일인데.

서문평은 뿌듯한 얼굴로 눈앞의 선남선녀를 바라봤다. 이들도 형님을 안다면 분명 감탄할 것이다.

"형님으로 말할 것 같으면 부끄러움이 많으신 분입니다. 그 유명한 남궁일 대협보다 훨씬 더 많이!"

의외의 말이었을까.

"뭐?"

두 남매가 동시에 말했다가 서로 쳐다봤다.

서문평이 활짝 웃었다.

"협행을 행하는 데 있어서 명성을 세상에 알리기 위해 안달이 난 분이 아니라는 겁니다. 불쌍한 양민들을 위해서라면 아무도 나서지 않을 일에 홀로 나서서 자신의 손을 더럽히는 게 형님이시지요. 설령 그게 거대한 음모와 연결됐다고 해도!"

최근 내실에서만 지내느라 소문에 둔감했던 모용설화였다.

모용준경도 동갑내기나 다름없던 그자의 무위를 직접 본 뒤론, 내실에 틀어박혀 수련만 한 터였다. 우물 안 개구리나 다름없는 자신의 모습을 반성하는 중이었다.

그렇기에 둘다 아직 소문을 듣지 못했다.

서문평은 그들이 모르는 눈치자 신이 났다.

"살신성인(殺身成仁)의 본보기 아니, 그 자체입니다! 힘없는 양민들이 살던 화전민촌에서 일어난 참사를 누구보다 가슴 아파하고, 누구보다 분개했습니다. 그게 설령 일년 전에 벌어진 일이라 해도, 억울하게 죽은 양민들의 원한을 풀어주기 위해! 입에 담지 못할 끔찍한 짓을 저지른 고산채 놈들을 단죄하기 위해! 납치된 화전민촌 처녀들을 구하기 위해서! 홀로 고산채로 찾아가신 겁니다. 아무도 알아주지 않는다고 해도, 설령 이 일로 인해 강호의 내로라하는 녹림채들과 척을 지게 돼도, 제 형님은 거리낌이 없었던 거지요."

침을 튀기던 서문평의 두 주먹이 떨렸다.

모용설화는 물론, 모용준경까지 감탄했다.

요즘 같이 서로의 이권과 사정이 얽히고설킨 강호에서, 그처럼 거리낌 없이 행동할 수 있는 인물이 얼마나 되겠나?

녹림도들과의 전투 장면은 물론, 화전민촌 처녀들을 구해주는 장면까지.

낯뜨거운 미사여구를 남발하며 묘사한 서문평이었다.

"누구냐?

"그 사람 아니, 그분은 대체 누구니?"

모용준경과 모용설화는 감탄하며 물었다.

서문평이 긴 한숨을 내쉬었다.

"형님은 구해준 소생뿐만 아니라, 여인들에게도 자신의 이름에 대해 일언반구도 하지 않았습니다."

"아!"

"이런!"

둘은 적잖이 안타까워했다.

모용준경은 찬탄을 아끼지 않았다.

"정말이지 대단하구나. 존경하는 남궁일 대협처럼 정파의 본(本)이 되는 모습을 보이다니. 내 자신이 부끄러울 지경이다. 구해준 양민들의 후일까지 챙겨주는 한편 자신의 이름은 일언반구도 하지 않다니… 이름을 모른다는 게 참으로 안타깝구나. 찾아가 교분이라도 나눴으면 좋았을 텐데."

모용준경의 안타까워하는 말에 서문평이 인중을 검지로 비볐다.

"헤헤, 걱정마십시오! 이 강호에서 형님의 이름을 유일하게 알고 있는 사람이 바로 저입니다."

"어머, 정말?"

모용설화의 깜짝 놀라는 모습에 서문평은 기고만장했다. 벌름거리는 작은 콧구멍에선 콧김마저 나왔다.

모용준경이 그답지 않게 재촉까지 했다.

"어서 말해 보아라. 대체 누구기에 이리 뜸을 들이는 것이냐?"

"하압."

서문평이 느닷없이 탁자 위에 올라섰다.

어느덧 주위의 시선이 집중된 것을 알고 있었다.

객잔 안의 사람들도 서문평의 이야기에 귀를 기울이는 중이었다.

서문평은 탁자 위에 서서 하늘을 가리켰다.

"저 밤하늘 위에 홀로 뜬 고고한 달님, 독고월! 그게 바로……!"

"드디어 찾았다."

그 스산한 목소리에 서문평은 말을 멈췄다. 고개가 자연히 그쪽으로 향했다.

서문평이 서 있던 창가.

그곳에 한 청년 서 있었다.

끝내주게 잘생긴 그 청년의 눈엔 광망이 번뜩였다.

"…서문평."

"혀, 형님… 히끅!"

절로 튀어나온 딸꾹질을 참아보려고 입을 가렸지만, 어깨가 자꾸만 들썩였다.

그게 감격에 겨워서 나온 동작이 아님을 이 자리의 모두가 알았다.

第 8 章

第 8 章.

1

모두가 경악했다.

모용세가의 남매는 남매대로, 객잔 안의 사람들은 사람대로 말이다.

서문평이 말한 형님이라는 단어가 불러일으킨 반향은 컸다.

독고월.

요즘 강호에 큰 화두가 되는 이름 석 자 아니던가.

한데 서문평을 죽일 듯이 노려보고 있는 청년이 형님이란다. 고산채를 궤멸시켜 화전민촌 처녀들을 구하고, 괴산이귀를 감화시켜 스스로 죄를 청하며 자진하게 하고, 양상군자나 다름없던 냉가장을 봉문시킨 신진고수 독고월이란다.

우와아아아!

객잔이 떠나가라 환호성을 지르는 양민들.

독고월을 바라보는 그들의 눈동자가 반짝였다.

의협심이 넘치는 청년고수가 헌앙하기 그지없었다. 전설의 송옥과 반악도 울고 갈 정도로 말이다.

여인들은 이미 홀딱 넘어간 듯했고, 사내들은 시샘 어린 선망의 눈초리를 하였다.

"……."

"……."

모용준경과 모용설화는 벌린 입을 다물지 못하고 있었다.

설마 그 청년이 눈앞의 독고월일 줄은 꿈에도 모른 표정들이었다.

그 둘을 본 독고월의 눈빛이 착 가라앉았다. 난감한 상황이긴 하나, 신경 쓰지 않기로 했다.

지금 그에게 중요한 건 어색하게 웃고 있는 서문평이었다. 자신이 뭘 잘못한 건지 모르는 눈치였다. 하지만 독고월의 기세가 워낙 살벌한지라 일단은 웃고 봤다.

사실 독고월은 서문평을 붙잡자마자, 자신의 이름을 어찌 알았느냐고 물으려고 했다.

그 누구에게도 말해준 적이 없으니까.

한데 오면서 생각해보니 물어보나 마나였다.

초난희.

모든 건 그녀로 말미암은 것이었다.

독고월이 서문평의 뒷덜미를 잡았다.

"형님?"

"……."

독고월은 대답없이 주위를 둘러봤다.

자리를 옮길 필요가 있었다. 객잔 안의 손님들이 슬금슬금 다가오는 중이다.

휙!

"허엇!"

바람이 일자 누군가 바람 빠진 소리를 냈다. 조금 전까지 눈앞에 있던 독고월과 서문평이 사라져서다. 입바람에 훅 꺼진 촛불과 같았다.

휘둥그레진 눈으로 사람들이 주위를 둘러봤다. 손으로 두 눈을 비비는 사람도 있었다.

귀신이 곡할 노릇이라며 혀를 찬 사람들이 제자리로 돌아갔다.

객잔의 점소이가 빈자리를 치우다가 깜짝 놀랐다. 그러고 보니 이곳에 같이 앉아있던 선남선녀도 어느새 사라져 있었다. 탁자 위에 놓인 음식값만이 그들이 있었음을 말해줬다.

"강호인들은 신출귀몰한다더니 정말이네."

점소이는 탁! 소리 나게 행주를 털고는 탁자 위를 치우기 시작했다.

객잔 안은 조금 전 열기가 거짓말이었던 것처럼, 여느 때와 다름이 없었다.

털썩.

서문평이 땅바닥에 널브러졌다. 눈이 뱅뱅 도는지 몸을 가누지 못했다.

하긴, 그럴만했다.

섬전행을 펼친 독고월이었다.

그나마 뒷덜미를 잡고 펼쳐서 다행이지, 다른 곳을 잡았으면 어마어마한 속도에 서문평의 목이 부러졌을지도 모를 일이다. 그 정도로 독고월의 섬전행은 엄청났다.

"우웨에엑!"

무공을 익힌 서문평마저 토악질을 할 정도였다.

조금 전 먹은 동파육이 흙바닥을 수놓았다.

막 입을 열려던 독고월이 인상을 그었다. 서문평이 계속해서 속을 게워내는 탓에 뭘 물어볼 수가 없었다.

익숙한 얼굴들이 있어서 서두른 게 문제였다.

독고월은 서문평의 등에 장심을 댔다. 일단은 자신의 내공으로 서문평의 뒤집어진 속을 달래줄 요량이었다. 이대로 놔두면 큰 내상을 입을지도 몰랐다.

서문평이 흠칫 놀랐다.

"혀, 형님?"

"운기."

앞뒤 잘라 먹은 짤막한 말이었음에도 서문평은 그 뜻을 알아챘다. 눈치가 없어도 세가의 큰 어른들이 가끔 이런 식으로 진기를 보해줬던 일이 떠오른 것이다.

가부좌를 틀어 앉은 서문평의 등으로 독고월의 내공이 흘러들어 갔다.

우우우웅.

웅혼한 내공에 서문평은 입을 쩍 벌렸다.

"입 다물어. 운기의 기본도 모르느냐?"

독고월의 질책에 서문평은 얼른 입을 닫았다. 차갑기 그지없는 독고월의 내공이 온몸을 휘돌았다. 울렁거리던 속이 조금씩 나아지고 있었다.

모락모락.

서문평의 전신에서 김이 올라오고, 이마에서 땀이 뻘뻘 흘러나올 때쯤.

독고월은 손을 거두었다.

"후우."

남궁일을 통해 수없이도 봤던 거지만, 직접 해본 건 처음이었다. 어렵지도 않았고, 서문평의 안색도 나아졌다.

"이 정도는 별거 아니지."

독고월은 서문평이 운기조식을 마치길 기다렸다.

한 식경이 흘렀을까.

이쯤 되면 운기조식도 끝났을 법한데, 서문평은 여전히 두 눈을 감고 있었다.

운기조식이 아직도 끝나지 않은 것이다.

생각보다 큰 내상을 입었던 것일까?

독고월이 고개를 갸웃거렸다.

서문평의 혈색은 더할 나위 없이 좋아 보인다. 두 눈을 감은 얼굴을 보자니 평온해 보이고. 다른 점이라곤 정수리 쪽에서 무형의 기운이 모락모락 피어오른다는 것인데.

이런 걸 강호에선 이렇게 불렀다.

"몰아지경?"

독고월로서는 기가 막히고 코가 막힐 지경이었다.

아니, 계속 토악질을 해대는 터라 좀 멈춰줄 요량으로 진기 좀 보해줬건만. 이 무슨 해괴망측한 일이란 말인가.

지금껏 봐왔던 바로는 이런 경우는 거의 없었다. 그저 내공을 다스릴 수 있게 약간 도와주는 것뿐이었다.

후인을 위해 내공을 전부 전해주는 격체전공(隔體傳功)을 한 것이 아니었으니까. 그저 월광심법의 운기 경로를 따라 애송이의 내공을 이끌……!

순간 독고월은 깨달았다. 눈앞의 서문평이 몰아지경에

빠진 연유를 말이다. 인상이 절로 구겨졌다. 예상치 않은
기연을 서문평에게 안겨준 꼴이어서다.

내상을 입은 상태에서 전가의 보도나 다름없는 심법으
로 운기를 도와줬다. 그리고 그 도움은 서문평의 내상을
치료해주는 동시에 새로운 길을 제시했다.

서문평에겐 전화위복이 아닐 수가 없었다.

헛웃음이 절로 나왔다. 허튼소리하고 다니지 말라고 경
고만 남기려고 했다. 한데 토악질을 계속해대니 멈춰줄 요
량이었는데, 그만 애송이의 무공수준을 끌어 올려주고 말
았다.

그저 내공만 흘려보내 주면 될 것을.

독고월은 혀를 찼다. 그렇다고 해도 월광심법이 유출된
것은 아니었다.

구결을 통한 무리를 전수해주지 않았으니까.

서문평은 자신이 본 새로운 길을 끊임없이 탐구하느라
정신이 없었다.

어느덧 반 시진이 흘렀다.

그럼에도 서문평은 깨어나지 않았다.

독고월은 이걸 확 깨울까 했다. 물론 그랬다간 서문평
이 주화입마에 빠져 죽게 됨을 잘 알았다. 한 단계 더 높
은 경지로 나아가려는 애송이를 어쩌고 싶은 마음도 없
었다.

"……."

팔짱을 낀 독고월은 한숨만 내쉬었다.

일단은 기다리는 수밖에 없었다.

2

서문평이 앉아서 운기조식을 하고 있는 중이다.

독고월은 그 앞에서 팔짱을 낀 채 서 있었다.

휘익.

날카로운 바람 소리와 함께 두 인영이 떨어져 내렸다.

보지 않아도 누군지 알았다.

모용준경과 모용설화였다.

독고월의 눈빛에 이채가 흘렀다. 못해도 한 시진은 더 걸릴 거라 여겼는데, 제법 빨리 당도했다. 경공술도, 추적술도 제법이다.

모용준경과 모용설화의 안색은 시뻘게졌다. 화가 나서 그런 것이 아니었다. 독고월을 쫓느라 무리를 한 덕분이었다. 지금 둘의 내부는 요동치고 있었다. 경공술을 한계까지 펼쳐서 겨우 따라잡았다.

그 대가를 치르는 중이다.

모용설화는 당장에라도 운기조식이 필요한 상황이었

230

고, 모용준경은 좀 더 경지가 높은 까닭인지 입을 떼려고
했다.

"......!"

독고월이 손을 들어 막았다.

"일단은 운기조식부터 하지."

한눈에 자신들이 처한 상황을 알아챈 말에 모용준경의
눈빛이 어둡게 채색됐다. 동년배로 보이는 독고월의 무위
가 자신보다 훨씬 윗줄이어서다.

털썩.

모용설화는 기다렸다는 듯이 주저앉아 가부좌를 틀었다.

모용준경도 사양치 않고 가부좌를 틀었다.

곧 둘이 내공을 운용하기 시작했다.

한데 그들이 앉은 자리가 참으로 공교로웠다. 마치 세
사람이 독고월 주위로 포진하고 있는 형세다. 운기조식을
하면서 말이다.

의도적인 배치다.

독고월이 고소를 지었다. 모용설화를 보는 눈빛에도 착
잡함이 머물렀다.

인연은 인연인가 보다.

설마 그녀가 서문평과 같이 있을 거라곤 꿈에도 상상하
지 못했다. 그녀 아니, 이들과 인연의 끈이 이어지지 않고
서는 있을 수 없는 일이었다.

우연도 세 번이나 겹치면 운명이라고 한다.

물론 독고월은 믿지 않으려고 애썼다. 작금의 상황은 자신이 서문평을 찾아옴으로써 벌어진 것이다.

하지만.

혈색이 좋아지는 모용설화를 보자니, 심적인 동요가 조금 생긴 것도 사실이었다. 말로 설명할 수 없는 무언가가 느껴졌다.

심장이 조금 간질거리는 느낌이랄까.

그녀에게서 눈을 떼기가 여간 어려운 게 아니었다.

함께 있었던 순간이 주마등처럼 스쳐 지나갔다. 그제야 겨우 눈을 뗄 수가 있었다.

일말의 죄책감.

웃기게도 독고월은 그녀를 향해 이런 감정을 품고 있다고 여겼다. 물론 감정은 죄책감만 있는 게 아니나, 독고월은 잘 모르는 듯했다.

어찌 됐든.

독고월이 자리를 뜨지 못하고, 호법을 서고 있는 이유 중 하나에 그녀가 있음을 부정할 순 없었다.

차 한 잔 마실 시간이 흘렀을까.

가장 먼저 모용설화가 눈을 떴다. 채 갈무리되지 않은 내기가 느껴졌다. 혹시라도 독고월이 떠날까 봐 운기조식을 빠르게 마친 것이 분명했다. 아직도 안색이 붉게 빛나고 있었다.

그녀는 눈뜨자마자 독고월을 뚫어지게 바라봤다.

"······."

"······."

둘은 말없이 서로 바라봤다.

곧이어 모용준경이 눈을 떴다. 모용설화와 달리 침착하게 내부를 다스린 그는 몸을 일으켰다. 맑고 깊은 눈빛이 독고월을 뚫어지게 바라봤다.

얼마 전까진 다분히 도전적인 시선이었다면, 지금은 호의적인 시선이었다. 동년배인데도 이룬 무위가 대단했고, 행적 또한 협객이라고 칭하는 데 무리가 없었다.

비록 성격이 괴팍하고 냉정한 면도 없지 않으나, 단순히 무뢰배로 칭하기엔 걸어온 길이 범상치 않았다. 인의무적 남궁일을 광적으로 좋아하는 서문세가의 골칫덩어리가 형님이라 부르는 사실도 호감에 일조했다.

적어도 같은 길을 걸어가는 동도일 테니.

모용준경이 큰 착각을 한다는 걸 알 리 없는 독고월은 인상을 그었다. 여인도 아닌, 사내에게 그런 시선을 받는 게 좋을 리가 없었다. 그렇다고 면박을 주진 않았다.

모용설화의 일로 모용준경이 어떤 인물인지 파악했다.

영걸 중의 영걸, 인중용이라는 말이 절로 어울리는 강호의 동량이었다.

지금껏 봐온 놈들과 질적으로 달랐다.

어느 정도 호감이 자리할 뻔했지만, 남궁일이 가까스로 떠올랐다. 서문평의 짜증 나는 얼굴도 뒤이어 떡하니 등장했다.

젠장맞을.

모용설화와 닮은 얼굴이 하마터면 호의를 불러일으킬 뻔했다. 싫어하는 부류임에도!

독고월이 홱 소리 나게 고개를 돌렸다.

막 말을 걸려던 모용준경이 살짝 민망해했다. 과거의 일로 그가 모른척한다고 생각했던 모용준경이 고소를 지었다. 여동생의 일로 경고를 줬던 자신의 말을 상기한 것이다.

그걸 알 리 없는 모용설화는 냉랭한 태도를 하는 독고월이 이해가 되질 않았다.

냉가장의 사람들과 있을 때는 보는 눈이 많아 자신을 배려하여 말없이 떠났다고 여겼다. 한데 지금은 오라버니와 자신뿐이다. 서문평이 있긴 하나, 독고월과 의형제를 맺은 듯했다.

한 마디로 눈치를 볼 게 없었다.

독고월은 모용설화와 가벼운 눈인사조차 나누지 않았다.

이것이 흔히들 말하는 잠자리를 가진 뒤 사내들의 뻔뻔

234

스러운 변화인가 싶었다.

너무 쉬운 여자로 낙점된 걸까.

모용설화의 안색이 절로 어두워졌다.

하면 굳이 사람을 시켜 꽃다발을 준 건 어찌 받아들여야 하는 걸까? 마음에도 없는 상대에게 그런 짓을 할 정도로 눈앞의 독고월이 뻔뻔스러운 걸까?

취중진담이라고.

독고월과 술을 갈 때까지 마셔본 모용설화였다. 그녀가 겪어본 바로는 독고월은 오만방자한 가면 속에 감춰진 지극히 순수한 일면이 있었다.

만약 그가 음심을 내비쳤다면 모용설화는 결코 그와 잠자리를 가지지 않았을 것이다. 하지만 독고월은 그러지 않았다. 진심으로 누군가를 필요로 했다.

그러니까 적적하니 같이 있어달라고 했겠지. 헝클어지고 복잡해진 생각이 안 나게 할 누군가와 함께하기를 바란 거고.

둘의 만남은 말 그대로 즉흥적이었다. 음흉한 속내가 동반된 술자리가 아니었다.

여인으로서의 육감과 그의 행보만 봐도 알만했다. 모용설화는 멍청이가 아니었다. 오히려 뛰어나게 똑똑한 여인이었다.

순간 모용설화의 머릿속으로 한 가지 가정이 스쳐 지나

갔다.

바로 옆에서 어색하게 서 있는 모용준경을 보고 떠오른 가정이었다.

고개를 돌려 외면하고 있는 독고월의 옆모습을 보고 확신했다.

독고월과 모용준경 사이에 뭔가가 있음을.

그 원인은 바로 모용설화일 테고!

모용설화의 눈빛이 싸늘해졌다.

"오라버니."

모용준경이 동생을 돌아봤다가 찔끔하고 말았다. 한겨울의 된서리 뺨치는 동생의 눈빛 때문이었다. 모용설화 못지않게 모용준경도 눈치가 빨랐다.

모든 걸 알고 있다는 그 눈빛에 모용준경은 침을 삼켰다.

"왜 그러느냐?"

평정을 가장한 물음이었지만, 목소리는 가늘게 떨린다.

모용설화의 아미가 하늘 높이 올라가는 순간.

"끄윽, 끅!"

갑자기 울음을 삼키는 소리가 들려왔다.

운기조식을 마친 서문평이 바닥에 엎드렸다.

3

서문평의 감격한 얼굴은 정말이지 눈 뜨고 봐주기 어려울 정도였다.

얼굴이 눈물 콧물로 범벅된 거야 당연한데, 눈물이 때 구정물이 되어 주르륵 흘러내리는 건 결코, 유쾌한 광경이 아니었다. 거기다 콧물까지 주룩주룩 흘러나온다.

숫제 거지꼴이다.

"……."

독고월은 심히 부담스러웠다. 저 꾀죄죄한 얼굴에 서린 존경과 흠모란 감정 때문이었다.

모용준경과 모용설화로서는 당연히 궁금했다.

"어째서 울고 있느냐?"

"우리 평이, 아픈 데라도 있는 거니?"

그 물음에 서문평이 물어봐 주길 기다렸다는 듯이 눈을 빛냈다. 만약 눈에서 빛이 나오는 무공이 있었다면 눈이 멀었을 것이다.

털썩.

서문평은 독고월을 향해 절을 올렸다.

"흐윽! 형님이, 형님이 부족한 못난 이 소제를 위해 격체전공의 수법으로 무공을 한 단계 더 이끌어주셨습니다. 끄윽, 끅!"

"뭐라고?"

모용준경과 모용설화가 동시에 외쳤다. 일족이 아니고
는 절대 하지 않을 희생 어린 행동이어서다.

둘의 오해를 더욱 부추기는 서문평의 말이 이어졌다.

"소제가 그간 먹지 못하고, 이곳저곳을 떠도느라 진기
가 허해졌음을 눈치채고 남들의 눈이 미치지 않는 곳으로
데리고 오셔서… 끅! 형님의 귀하디귀한 진기로 소제를 위
해 희생을 하신 겁니다. 거기다 전가의 보도나 다름없는
운공법으로 소제의 까막눈까지 트이게 해주셨으니… 이
은혜를 어찌 갚아야 한 답니까! 어흐흑!"

이젠 아예 오열까지 한다.

물론 절대 아니었다.

독고월은 진기를 희생하지도 않았고, 놈이 걱정돼서 운
기조식을 도와주지도 않았다. 그저 몇 가지 묻는데 방해가
된다고 여겨 토악질만 멈춰줄 요량이었다.

한데 서문평은 단단히 오해하고 있었다.

모용준경과 모용설화는 침음을 삼켰다.

그러고 보니 조금 전과 비교하면 서문평의 눈동자가 깊
고 맑아졌음을 알 수 있었다. 내공이 더욱 정순해진 까닭
이었다.

일견하기에도 경지가 한 단계 올랐음을 알 수 있었다.

이류였던 수준이 일류로 말이다.

서문평을 비롯한 모용준경과 모용설화는 경탄을 금치 못했다.

　저 정도로 이끌기 위해 얼마만큼의 내공이 썼을지 가늠조차 되지 않았다.

　식솔이 아니고는 하지 않을 격체전공의 수법이다.

　한데 독고월이 피 한 방울 안 섞인 서문평에게 그런 크나큰 은혜를 베풀었단다. 스승과 제자도 아닌데 말이다.

　달리 보일 수밖에 없었다.

　강호에서 타인에게 그런 희생을 보이는 자는 극히 드물었다. 설령 그게 의형제라고 해도 이런 경우는 거의 없다고 봐야 했다.

　"참으로 넓은 아량을 지니셨소. 대단하오."

　모용준경은 말투까지 달라졌다.

　"범상치 않은 분인 줄 알았지만, 아무리 의형제라도 해도 엄연히 타인인데, 그런 희생까지 서슴지 않다니 믿을 수가 없군요."

　모용설화는 고개까지 절래 흔들었다.

　"으아아, 혀어엉님. 어흐흑!"

　서문평은 불분명한 발음으로 독고월 앞에서 가슴을 움켜쥐었다.

　"……."

　침묵하고 있던 독고월은 당혹스러웠다. 사실 개미 오줌

만큼의 양으로 운기조식을 도와줬다. 그가 가진 내공에서 한 줌이나 될까 싶은 미미한 양이었다.

토악질도 보기 싫었고, 주둥이 함부로 나불대지 말라는 경고만 남겨주고, 떠나려는 마당인지라 재촉한 거나 다름없는데.

그것이 서문평에게 기연이 되었다. 눈치도 없고 머리도 나빴지만, 무에 대한 재능만큼은 뛰어났던 것이다.

아주 살짝 보여준 길을 제 걸로 만드는 데 성공하다니.

동물적인 본능이 아닐 수 없었다.

아니지.

독고월은 자신의 도움 때문이 아니라고 여겼다. 어차피 서문평이 올라갔을 길이다. 그게 빠르냐 늦느냐 차이일 뿐이었다.

그렇게 결론을 내린 독고월이 냉소를 그렸다.

"격체전공은 개뿔! 어차피 일류를 목전에 둔 터라, 스스로 올랐을 경지다. 내게 고마움을 가질 필요는 없지. 난 아무런 도움도 안 줬으니까."

독고월로서는 선을 싹 긋는 말이었다. 눈빛도 얼음가루가 풀풀 날렸다.

서문평은 그걸 또 다른 뜻으로 오해했다. 눈물을 소매로 문질러 닦고, 결연한 표정으로 외쳤다.

"역시 다른 이에게 도움을 베풀고도 생색을 내거나 자

신을 드러내는 법이 없는 형님답습니다! 형님의 은혜는 각골난망입니다. 이 서문평, 강호에 그 어떤 상황이 닥쳐와도 형님 곁에서 우마가 되어 평생을 보필할 것을 천지신명님께 맹세합니다!"

독고월을 바라보는 모용준경과 모용설화의 표정도 전과 달라져 있었다.

크나큰 은혜를 베풀고도 그걸 생색내기는커녕, 어차피 오를 경지였다며 자신이 한 선행을 축소 시킨다.

지금껏 보여줬던 행적과 모습이 그제야 이해가 갔다.

독고월은 자신의 행적을 감추길 좋아하는 인물이었다.

오른손이 하는 일을 왼손 모르게 하는 전형적인 성인군자.

"철모르는 애송이의 보필 따윈 필요 없다."

그렇기에 이렇게 날이 선 독고월의 말도 곱게 들리는 그들이었다.

자신의 길은 위험하니 어린 너는 끼어들어서는 안 된다.

"형님!"

이렇게 오해한 서문평이 또다시 감격의 눈물을 흘리고, 모용준경과 모용설화는 한숨을 길게 내쉬었다.

믿을 수가 없었다.

남궁일 같은 대협은 이 세상에 다시는 없을 거라 여겼거늘.

눈앞에 이리도 찬란하게 빛나는 정파 강호의 동량지재
가 있었다니!

모용준경은 흐뭇한 눈으로 독고월과 서문평을 바라
봤다.

"오지 마."

퍼억!

서문평이 무릎걸음으로 독고월의 다리를 안으려다가 걷
어차여도.

"형님!"

또다시 감격한 얼굴로 달려드는 서문평의 얼굴을 독고
월이 발로 밀어내도.

"오지 말라고 했다."

"후훗."

모용설화는 말갛게 미소 지었다.

4

골치가 아팠다.

독고월은 뜨거운 눈빛으로 바라보는 서문평을 향해 인
상을 그었다.

험악하기 그지없는 표정인데도 서문평은 뭐가 좋은지

연신 방긋거렸다.

검은 발자국이 얼굴 중앙에 떡하니 찍혔는데도 좋단다.

발자국이 누구 건지는 말하나 마나였다.

그럼에도 앞장선 서문평은 반짝이는 눈빛으로 연신 돌아봤다.

독고월로서는 짜증이 들불처럼 치솟았다. 마음 같아서는 떠나고 싶은데, 서문평에게 묻고 싶은 말이 하나 있었다. 하지만 이야기를 나눌 분위기가 아니었다.

귀찮은 꼬리가 붙었다.

그것도 두 개씩이나.

그 중 하나인 모용준경이 어깨를 나란히 해왔다.

"독고 형도 용봉대전에 나가려는 겁니까?"

어느새 말투는 물론, 호칭까지 바뀌었다. 자신을 인정한다는 말인데 그리 달갑지 않았다.

과거 동생 일로 봤을 땐, 그저 겉만 뻔지르르한 정체불명의 고수였다. 일신에 지닌 무공이 뛰어나긴 하나 속내를 알 수가 없어 경계심이 컸다. 게다가 여동생 모용설화와 관계까지 있으니 좋게 보려야 볼 수가 없었다.

솔직히 신원미상의 사내가 여동생과 술 마시다 사고를 쳤는데, 좋게 볼 오라비가 세상에 어디 있단 말인가.

독고월은 인상부터 썼다. 그깟 애송이들 모이는 대회에 나가서 뭐하냐고 퉁명하게 쏘아붙일 작정이었는데.

모용설화가 먼저 끼어들었다.

"전 독고월 오라버니께서 용봉대전에 나가셨으면 좋겠어요."

"……!"

"……!"

친근하기 그지없는 호칭에 독고월과 모용준경의 안색이 하얗게 탈색됐다.

그 둘로서는 드물게 얼빠진 표정이다.

모용설화는 독고월에게 따로 경고한 듯한 모용준경이 괘씸해 한 말이었다. 한데 공식적으로 독고월과 관계를 밝힌 거나 다름없는 상황이다. 모용설화의 옥용이 도화 빛으로 곱게 물들었다.

정작 본인이 내뱉고도 말 못하게 부끄러운 것이다.

모용준경은 할 말을 찾지 못했다. 강호용봉회의 어떤 사내도 동생에게 오라버니란 말을 들을 수 없었다.

그 많은 사내가 모용설화에게 말 한 번 붙여보려고 얼마나 애를 썼는가.

거기다 모용설화의 어조는 오라버니 대신 '가가'란 호칭이 붙여도 전혀 이상할 것이 없을 정도로 상냥하다.

만약 예전의 모용준경이었다면 경솔하다며 호되게 야단쳤겠지만, 독고월이란 사내를 이미 알아버렸다.

가문의 일이 걸리긴 하나 같은 사내가 보기에 독고월은

멋진 사내다. 외모와 이룬 무위도 무위지만, 그 행보가 더 마음에 들었다. 협을 위해 거침없는 모습이 가슴에 적잖은 파문을 주었다. 자신과 전혀 딴판인 거침없는 성정도 마음에 들었고.

그렇다 보니 모용설화와의 관계가 이성은 안된다고 말하나, 본성은 암묵적인 동의를 보냈다.

필부라고 해도 북리세가의 망나니보다 나을 것이다. 하물며 정파의 동량지재로 추앙받을 독고월이라면 말할 것도 없었다. 오히려 두 손들고 반겨도 모자랄 지경이다.

서문평이 고개를 갸웃거렸다.

"오라버니? 누님, 어째서 형님을 그리 부르시는 겁니까? 혹 두 분께서 개인적으로 만난 적이 있으신 겁니까?"

"어, 어?"

서문평의 순진한 물음에 모용설화의 목덜미에 붉은 물이 곱게 들었다. 단둘이 있었던 일이 떠오른 것이다.

심상치 않은 반응이었다.

서문평이 두 눈을 동그랗게 떴다.

"남녀가 유별한 마당에 오라버니란 호칭을 쓸 정도면 아주 친한 사이가 아니고서… 아얏! 설마 형님께서 소제가 없는 사이에 설화 누님과 남몰래 정분이라도 쌓으신 겁니까?"

"……!"

"……!"

쥐뿔도 모르는 애송이의 철없는 말이었다.

그럼에도 모용설화를 비롯한 셋의 얼굴은 철갑을 두른 것처럼 딱딱해졌다.

"애, 애는… 못하는 소리가 없어!"

찰싹!

어색하게 웃은 모용설화가 서문평의 등짝을 찰지게 때렸다.

"악!"

불시에 등짝을 얻어맞은 서문평이 펄쩍! 뛰었다. 양손으로 얼른 등짝을 긁었다. 맞은 부위에 손이 닿지 않아 무의미한 행동이었지만, 당한 아픔을 표현하기엔 충분했다. 모용설화를 바라보는 눈동자에 물기마저 아른거렸다.

"너, 너무 아픕니다."

"어머, 나도 모르게 그만… 미안해."

저녁놀처럼 빨개진 얼굴로 사과한 모용설화가 서둘러 앞서나갔다.

서문평이 울상을 지으며 연신 등짝을 긁어댔다. 정작 때린 부위에 양손은 닿질 않았다. 헛되이 다른 부위만 긁적였다. 어떻게 딱 손이 닿지 않는 정중앙을 때렸는지 모를 일이다.

감정이 실린 것이 뭔가 있다.

서문평이 설명을 요구하는 눈길로 모용준경과 독고월을

바라봤다.

하지만.

둘은 아무런 말도 하지 않았다.

모용준경은 모용준경대로, 독고월은 독고월대로 딴청을
피웠다.

그들 사이에 어색한 침묵이 내려앉았다.

앞서 걷던 모용설화는 뒤를, 더욱 정확히는 독고월을 힐
끗거리며 훔쳐봤다.

독고월은 말없이 걷고 있었다.

척 보기엔 유유자적하게 주위를 둘러보는 모양새다. 하
지만 여인의 육감이 말해줬다. 독고월이 그녀를 신경 쓰고
있음을 말이다.

모용준경은 그 나름대로 양손으로 얼굴을 가리고 있었
다. 말 못할 고민이 있을 때 나오는 그만의 버릇이다. 아마
도 독고월의 진면목을 본 터라 마음이 바뀐 것 같았지만,
이미 세가 간의 결합은 결정됐다. 모용준경이 어찌할 수
있는 수준의 일이 아니었다.

그 둘을 번갈아 바라본 후.

모용설화는 남몰래 한숨을 내쉬었다. 경솔했다는 생각
이 절로 들었다.

모용준경이 얄미워 내뱉은 말이 더욱 어색하게 만들 줄
이야.

바보 같아.

모용설화의 앵두 같은 입술이 동그랗게 오므려졌다.

고심에 빠진 서문평은 그들을 바라봤다. 자신이 모르는 뭔가가 있다. 셋 중에 누군가 큰 잘못을 저지른 게 분명했다. 이 서문평의 육감이 그리 말하고 있었다.

"혹 불장난이라도 하신 겁니까?"

"……!"

"……!"

"……!"

순간 주위의 분위기가 급속도로 냉각됐다. 한겨울의 추위가 생각날 정도로 오한이 들 정도였다.

그러면 그렇지.

쾌재를 부른 서문평이 과거를 회상했다.

"소제도 어렸을 적에 불장난했다가 어머님께 아주 호되게 혼났던 적이 있었습니다."

그 의미심장한 말에 모두가 혹시나 했다.

아련한 곳을 바라보는 서문평의 말은 계속됐다.

"그땐 어렸기에 불장난의 무서움을 몰랐습니다. 설마 이불에 중원지도를 그리게 될… 아앗! 이 말은 못 들은 걸로 해주십시오! 이건 어머님과 소제만의 비밀이었는데, 이젠 모두가 알게 됐군요. 어렸을 때라 몸이 허해서 그린 겁니다. 요즘은 그리지 않습니다. 소제는 다 컸으니까요."

헤헤거리며 얼버무리는 서문평에 셋은 속으로 한숨을 쉬었다.

누가 봐도 애인 서문평의 기준에서 불장난이란 말에 이리 과민반응을 하다니.

부끄러운 일이다.

천연덕스러운 서문평의 모습에 분위기가 조금 풀렸지만, 어색함은 사라지지 않았다.

"어, 어디 지나가는 산적이라도 없을까요?"

모용설화가 화제를 돌리려 순간.

"꺄아아악!"

귀청을 찢는 비명이 울려 퍼졌다.

第 9 章

第 9 章.

1

"아버지, 아버지이이!"

소녀가 죽은 표국주로 보이는 화의를 입은 중년인 앞에서 털썩 주저앉았다. 이런 참변을 겪을 줄은 꿈에도 몰랐는지 오열을 터트렸다.

소녀의 주위로 보표들과 쟁자수들이 쓰러져 있었다. 하나같이 가슴에 기복이 없었다.

온몸을 칠흑의 장포로 감싼 무인들이 피묻은 검을 거뒀다.

이들을 해한 흉수였다.

소녀가 악에 받친 얼굴로 그들을 노려봤다. 무공도 모르는 일꾼들과 시비마저 죽인 그들의 잔혹함에 소녀는 치가 떨린 듯했다.

"이 무슨 천인공노할 짓인가요! 백주에 표행단을 습격하다니, 강호의 온 표국을 적으로 돌리고 싶은가요!"

아비를 잃었음에도 소녀의 이성은 살아있었다.

제법 대가 센 모습에 흉수들의 눈빛에 이채가 서렸다.

개중 노회한 눈빛을 가진 중년인이 나섰다.

"절대로 그럴 일은 없을 것이다."

"뭐라고요? 표행을 습격하고 표국주마저 죽이는 일을 벌이고도 무사할 거라 생각하는 건가요? 이렇게 어리석을 수가! 표행에 실패하면 표국연합에서 진상조사를 나올 것이고, 그러면 당신들의 악행이 천하에 밝혀질 것은 불을 보듯……!"

"누가 감히 우리의 행사에 나선다는 것이냐? 표국연합 따위가? 아니면 무림맹의 나부랭이들이? 또 아니면 흑도맹 그 조무래기들?"

소녀의 말을 자른 중년인이 하얀 이를 드러냈다. 일신의 무위도 뛰어나지만, 가진 자신감이 대단했다.

강호의 온 표국을 아니, 온 강호를 우습게 볼 정도로 정신이 나간 걸까?

소녀가 혼란스러운 눈으로 그를 바라봤다.

마침 그가 히죽 웃었다.

"설령 온 강호가 나선다고 해도 감히 우리의 행사에 토를 달 담량을 가진 이들은 없을 게다."

"뭐, 뭐에요? 설마 마, 마교?"

뜻 모를 자신감에 묻는 소녀의 목소리가 잘게 떨렸다.

중년인은 그저 킬킬댔다.

"주제도 모르고 감당하지 못할 물건을 운송한 죄는 크지. 그저 표행을 잘못 맡았다고 생각하거라."

"이 악랄한 놈들!"

소녀가 눈물을 흩뿌리며 외쳤지만, 공허한 외침이었다.

중년인이 신형을 돌리며 명을 내렸다.

"계집은 죽이고, 표물은 회수한다."

"존명!"

흉수들은 그리 답하며 표행단의 표물이 든 마차들의 마부석에 앉았다.

그 중 한 명이 소녀에게로 향했다.

저승사자가 점점 다가오자 소녀가 주춤거리며 물러서려했다. 하지만 다리에 힘이 풀렸는지 풀썩 주저앉았다. 발로 땅을 밀어보지만, 흙바닥인지라 헛발질만 했다. 아리따운 얼굴은 이미 눈물로 얼룩진 지 오래다.

"대체 그 표물이 뭐 얼마나 대단한 거기에!"

"저승 가서 염라대왕한테 물어보도록."

히죽 웃은 그의 눈이 살기로 번들거렸다. 손에 든 검이 하늘 높이 올라갔다.

피묻은 검날이 주는 섬뜩함.

쉬이익!

그 검이 쏜살같이 떨어져 내렸다.

소녀는 두 눈을 질끈 감았다.

"아, 아버지!"

퍼억!

가죽 북을 때리는 둔탁한 소리가 터져 나왔다.

그리고 뒤이어 낭랑한 외침도 이어졌다.

"멈춰라!"

이미 때려놓고 멈추라고 외친 앳된 목소리에 소녀의 눈이 살며시 떠졌다.

얼굴을 얻어맞고 튕겨져나간 흉수의 눈이 일그러졌다. 자신에게 일격을 가한 이가 열 두어 살은 됐을까 싶은 애송이여서다.

아직 솜털도 가시지 않은 얼굴이 살짝 놀랬다. 본인도 얼떨떨했는지 제 발과 흉수를 번갈아 봤다. 갑작스레 향상된 실력에 적응이 안 된 것이다. 얼른 정신을 차리고 준엄한 표정까지 지어 보였다.

"길 가던 아녀자를 희롱하다니 정녕 하늘이 무섭지도 않은가!"

"……."

순간 공터에 적막감이 맴돌았다. 마차를 몰려던 흉수들

256

마저 할 말을 잃을 정도였다.

주위를 둘러보고나 말하던지 아니, 상황파악은 하고 들이대던지!

저런 똥오줌 분간 못 하는 애송이에게 일격을 허한 흉수의 얼굴이 시뻘게졌다. 그 덕에 뺨에 앙증맞은 발자국이 선명하게 도드라졌다.

"애송이, 찢어 죽여주마!"

"조심해요!"

소녀가 경고성을 발할 새도 없이 흉수가 달려들었다.

경악해야 함에도 애송이는 두 눈만 동그랗게 떴다.

흉수가 휘두른 검이 눈에 보였다.

"오오."

저도 모르게 감탄을 한 애송이.

예전의 수준이라면 흉수의 검을 앞에 두고 여유를 부릴 수가 없었을 것이다. 하지만 지금의 애송이 아니, 서문평은 흉수의 검을 살짝 비켜서서 피해냈다.

타앙!

검이 애꿎은 땅을 내려쳤다.

서문평이 그 검과 시뻘게진 얼굴을 한 흉수를 번갈아 봤다.

"왜 이리 느리오?"

순진하기 짝이 없는 물음에 흉수는 어안이 벙벙했다. 그

257

러다 자신이 세상에 더할 나위 없는 모욕을 받았음을 깨달았다.

"이, 이 머리에 피도 안 마른 애송이 놈이!"

휘휘휘휘휙!

그는 자신이 펼칠 수 있는 절초를 미친 듯이 휘둘렀다.

하지만 서문평은 미꾸라지처럼 그 공세를 피했다.

흥수는 미칠 것만 같았다. 정작 자신이 피하고도 놀라는 애송이였다. 그런데도 검이 애송이의 옷깃조차 스치질 못하니 환장할 노릇이었다.

"이, 이놈이……!"

흥수는 말을 채 끝맺을 수 없었다.

아래에서 위로 솟구쳐오른 검집이 턱주가리를 후려갈겨서다.

그 한 방에 흥수의 눈깔이 까뒤집혔다.

"커헉!"

답답한 비명과 함께 흥수는 모로 쓰러졌다.

서문평은 흥수와 검집을 번갈아 보면서 어색하게 웃었다.

"정말 쓰러졌소? 기절하신 거요?"

그러면서 검집으로 흥수를 툭툭 건드린다.

이미 혼절한 흥수가 깨어날 리 만무했다.

세상에!

이 무슨 해괴망측한 놈이란 말인가?

서문평은 아직도 검집으로 기절한 그의 얼굴을 콕콕 찌르고 있었다. 자신이 눈앞의 흉수를 단숨에 쓰러트린 것이 믿기지 않은 것이다.

중년인은 물론 다른 흉수들마저 할 말을 잃었다.

애송이에게 당한 병신 같은 동료에 연민이 들 정도였다.

무인으로서 이런 치욕은 없었으니까.

순간 중년인의 눈빛이 달라졌다.

"모두 검을 뽑아라."

"……."

흉수들은 말없이 검을 빼들었다.

스르릉.

뽑힌 검은 여러 개였지만, 들린 소리는 하나였다.

서문평이 깜짝 놀랐다. 얼떨결에 검집을 들었지만, 그들은 자신을 향해 눈길조차 주지 않았다.

어느새 서문평을 중심으로 그들은 원형방진을 형성하고 있었다.

중년인이 서문평을 노려보며 외쳤다.

"나와라! 이 애송이가 죽는 꼴을 보고 싶지 않다면."

소녀가 어리둥절한 시선으로 주위를 둘러봤다.

"하하하!"

낭랑한 웃음보가 들려왔다.

그 안에 담긴 내공이 심상치 않음에 중년인의 안색이 변했다.

2

"고수다."

긴장한 중년인의 말에 그들이 검을 쌍수로 말아쥐었다. 전심전력을 다하겠다는 의지의 표명이었다.

하지만 상대가 나빴다.

슈아아악!

서문평과 중년인의 사이에 내려앉은 비조가 있었다.

쿠웅.

작게 분진이 일었다.

중년인이 대경실색했다.

"이, 이럴 수가!"

기척이 느껴지는 순간 이미 상대는 눈앞에 존재했다. 그것만으로도 상대와 자신의 실력차가 그려졌다. 만약 상대가 자신을 죽일 뜻이 있었다면 뭘 어찌해 볼 새도 없이 일검에 목이 달아났을 것이다.

원형방진을 형성한 그들이 신형을 반전시켜 중년인을 도우려고 했지만.

엄청난 속도로 당도한 가녀린 인영이 있었다.

짜자자자작!

순식간에 따귀를 얻어맞은 그들이 우수수 쓰러졌다.

평범한 따귀가 아니었다. 내가중수법으로 때린 일장, 일장이었다.

쨍그랑.

그걸 증명이라도 하듯 검들이 땅바닥에 떨어졌고, 그들의 피를 토하고 있었다.

"쿨럭, 쿨럭!"

"우웨에엑!"

따귀 한 방에 뇌가 흔들리다 못해 주화입마까지 입었다.

그것만으로도 갑작스레 당도한 가녀린 인영이 심후한 내공을 지녔음을 알 수 있었다.

탁탁.

가녀린 인영, 모용설화가 가볍게 손을 털었다.

절정에 오른 무인 다운 면모였다.

중년인의 안색이 급변했다.

"고, 고작 계집에게 당할 줄……!"

덥썩.

중년인과 서문평 사이에 있던 모용준경이 멱살을 잡았다.

"말조심해. 계집이라니? 설화란 예쁜 이름이 있는데 말이야."

죽일 듯이 노려보는 모용준경의 눈빛에 중년인은 이를 악물었다. 이렇게 쉽게 멱살을 허용할 줄은 몰랐다.

"이익!"

중년인은 온 힘을 다해 손에 든 검을 휘두르려 했지만, 이상하게 움직이질 않았다.

"어, 어?"

중년인은 저도 모르게 얼빠진 소리를 냈다. 허한 느낌에 그러다 시선을 밑으로 내렸는데.

검을 든 팔이 땅바닥에 덩그러니 놓여있었다.

"어, 어? 뭐, 뭐야?"

중년인이 얼빠진 목소리를 내며 쳐다봤다.

설명을 요구하는 눈빛에 모용준경은 싸늘하게 미소 지었다.

"다시는 검을 들 수 없을 것이다."

뎅겅.

중년인의 남은 팔마저 상체와 분리됐다. 무인으로서 사형 선고였다.

잔인한 손속이긴 하나, 마기가 느껴지는 이들은 확실히 마교도였다.

당연히 모용준경이 자비를 보여줄 리 없었다. 백주에 표행단은 물론 양민마저 학살한 놈들이다. 게다가 땅바닥에 떨어진 표기를 보아하니, 무림맹 쪽 중소표국이었다.

모용준경은 아군이나 다름없는 이들을 죽인 적에게 자
비를 베풀 정도로 순진하지 않았다.

졸개들에게마저 손을 쓰려는 분노한 모용준경을 모용설
화가 말렸다.

"오라버니."

"무공을 모르는 일꾼들마저 죽인 놈들이다."

"……."

모용설화는 대답 대신 한쪽을 쳐다봤다.

모용준경의 시선이 동생이 가리킨 쪽으로 향했다.

소녀가 공포에 젖은 눈빛으로 자신을 바라보고 있었다.
그렇지 않아도 아버지는 물론 지인들의 시체까지 보았다.
아무리 복수를 해준다고 하지만, 사람의 신체가 잘리는 장
면을 보고 괜찮을 사람은 없었다.

어쩌면 정신적인 충격을 받을지도 몰랐다.

모용설화가 그 점을 지적하는 것이다.

"아직 어린 소녀예요. 감당할 수 없을지도 몰라요."

"이 오라비 생각이 짧았구나."

모용준경은 순순히 인정하고는 지풍을 날렸다.

파바바박!

쓰러진 졸개들의 신형이 들썩였다. 마혈을 제압한 것
이다.

"이놈들, 무림맹으로 압송되어 죗값을 치러야 할 거다."

소녀보고 들으라는 듯이 얘기한 모용준경에 모용설화가 살포시 미소를 지었다.

모용준경은 모용설화를 향해 마주 웃어줬다.

정파의 영걸다운 모습들이었다.

고개를 끄덕이며 흡족해하던 서문평이 내심 아차! 싶었는지 검집을 휘둘렀다.

퍼억!

앞에 혼절하고 있던 사내의 마혈을 때렸다. 무림맹으로 압송하기 위한 준비를 한 것인데.

"끄억!"

잘못 때렸는지 사내가 두 눈을 번쩍 뜨며 비명을 질렀다.

"어라? 이게 아닌가?"

놀란 서문평이 다시 검집을 휘둘렀다.

퍼어억!

더욱 힘을 세게 실어 때린 일격에 사내가 벌린 입을 다물지 못했다.

서문평이 진심으로 민망해했다.

"미안하오. 내가 또 잘못 때렸나 보오."

"……!"

너무 아파서 열 받은 건지 아니면, 혈도도 제대로 못 짚는 애송이에게 당한 것이 억울했는지, 사내가 벌떡 일어섰다. 그리곤 손에 든 검을 휘둘렀다.

"아, 조금 전 때린 곳이 해혈하는 부위였군."

서문평이 이마를 탁 소리 나게 쳤다. 그러면서 다가오는 검을 쳐내고 검집을 휘둘러 사내의 마혈로 짐작되는 곳을 짚었다.

퍼억!

물론 온몸을 꿰뚫는 고통은 덤이었다. 힘이란 걸 조절 못 하는 애송이인 터라 한 푼의 내력만으로도 되는 일을 전력을 다해 쳤다.

혈도를 짚인 사내가 눈깔을 까뒤집는 건 당연한 수순이었다.

쿠웅.

사내의 신형이 그대로 뒤로 넘어갔다.

"휴우, 이제 됐군."

서문평은 소매를 들어 이마에 송골송골 맺힌 땀을 닦아냈다.

"되긴 뭐가 돼? 사혈(死穴)을 있는 힘껏 후려쳐놓고."

느닷없는 빈정거림에 서문평이 소스라치게 놀랐다.

"네? 형님! 그게 무슨 말입니까?"

형님이라 불린 청년은 대답 대신 턱짓을 했다. 네가 직접 확인해보라는 것이다.

서문평이 놀란 얼굴로 쓰러진 사내에게 다가갔다. 그리고 가슴에 귀를 대었다.

심장 소리가 들리지 않는다.

"헉! 숨을 쉬지 않습니다, 형님!"

"그럴 테지. 일 푼의 내력으로 쳐도 절명할 사혈을 사력을 다해 쳤으니 안 죽으면 사람이 아니지."

독고월의 조소 어린 대구에 서문평이 울상을 지었다.

"아, 안 됩니다! 무, 무림맹으로 압송해야 합니다."

"이미 죽여놓고 압송은 무슨."

"다, 다시 살리면 그만입니다!"

"뭐?"

발악적으로 외친 서문평에 독고월이 황당해했다.

모용준경과 모용설화가 한숨을 지으며 고개까지 저었다.

소녀는 어처구니없다는 듯이 쳐다봤다.

퍽퍽퍽퍽!

서문평이 검집으로 계속 사내를 찔러대고 있어서다. 뻘 게진 얼굴로 어서 일어나시오라며 외쳤다.

당연히 대라신선이 와도 못 살릴 시체가 일어날 리 만무 했다.

독고월이 미간을 찌푸렸다.

"저렇게 확인사살까지 해대는 놈은 보다보다 처음 보는 군. 혈의 위치도 제대로 모르는 애송이가 어떻게 무공을 익혔는지 의문이야, 의문. 쯧!"

서문평이 찌르는 부위는 하나같이 치명적인 사혈이 아닌 곳이 없었다.

그럼에도 불구하고.

퍽퍽퍽퍽!

죽은 자를 부활시키기 위한 서문평의 눈물겨운 노력은 계속됐다.

3

풀이 죽은 서문평은 현장에 남았고, 모용준경은 가까운 무림맹의 지부로 떠났다. 살아남은 마교도를 넘기기 위해서였다.

모용설화는 소녀와 함께 객잔에 투숙하기로 했다. 유일한 혈육이었던 표국주를 포함한 표국 사람들을 모두 잃은 소녀를 위한 결정이었다. 한순간에 천애 고아가 된 잔인한 현실을 받아들일 시간이 필요했다.

모용설화는 소녀를 침상에 눕혔다.

잠깐이라도 눈을 붙이라는 모용설화의 제안에 소녀는 순순히 고개를 끄덕였다.

모용설화는 새근새근 자는 소녀의 숨소리를 듣고는 문을 닫았다. 그리곤 독고월이 있는 곳으로 향했다.

그는 처음부터 지금까지 쭉 관망만 하였다.

모용준경과 모용설화, 서문평이 나선 덕분이기도 하나, 독고월은 그다지 나서고 싶어하지 않는 기색이 역력했다.

독고월은 창가에 마련된 자리에 앉아 있었다.

선선한 바람에 흑단 같은 머릿결이 흩날렸다. 드러난 흑요석과 새하얀 피부가 자아내는 선명한 대조가 한 폭의 그림과 같았다.

객잔 안의 여인들이 독고월을 훔쳐보고 있었다.

독고월은 그녀들을 조금도 의식하지 않았다. 타인에게 특히, 여인에게는 관심이 없어 보였다.

모용설화가 독고월의 맞은편에 앉자 송곳 같은 시선들이 와 닿았다. 설부화용(雪膚花容)인 모용설화였다.

곳곳에서 한숨이 흘러나왔다.

시샘 어린 눈초리로 흠을 잡으려고 해도 그녀는 그와 매우 잘 어울렸다.

모용설화는 독고월 앞에 놓인 술병을 짚었다.

쪼르륵.

맑은 술이 잔을 채우는 소리에 독고월이 그녀를 바라봤다.

모용설화의 맑은 눈동자와 마주쳤다.

술을 먹다 한 번 데인 적이 있었던 둘이었다.

모용설화가 아무렇지 않게 말했다.

"마시려고 가져다 놓은 술이잖아요."

"……."

독고월은 다시 고개를 돌렸다.

모용설화는 따라놓은 술잔을 들었다. 앵두 같은 입술에 술잔을 대었다.

"네 오라비가 좋아하겠군."

독고월이 냉랭하게 말했다.

탁.

모용설화가 술잔을 그대로 내려놓았다.

술잔의 술이 가볍게 넘실거렸다.

독고월을 보는 모용설화의 눈빛이 착 가라앉았다.

"역시 오라버니한테 무슨 말을 들은 것이 분명했군요."

"……."

"집안끼리 정혼이 오고 간다는 이야기를 들었죠? 그래서 오라버니에게 경고라도 들었나요?"

"정혼이 오고 간다는 이야기는 처음 듣는군."

"네, 네?"

모용설화가 당황했다.

물론 거짓말이었다. 독고월은 죽은 냉상위에게 들어 이미 알고 있었다. 그래도 모용준경에게 듣지 않았다는 점은 짚어줘야 했다. 굳이 냉상위에게 들었다고 말할 필요는 없었기에, 그녀 앞에 놓인 술잔을 들었다.

향긋한 술이 목울대를 타고 넘어갔다.

독고월이 후우~ 하고 화끈해진 숨을 내뱉었다.

모용설화가 입술을 삐죽 내밀었다.

"술도 못 드시면서."

"그 술도 못 마시는 사람과 술을 진탕 먹은 건 누구더냐?"

"설마 술을 처음 마실 줄 누가 알았나요? 술을 아예 못하는 오라버니도 열다섯 때 입을 댔는데, 다 큰 청년이 술을 처음 마실 줄은 꿈에도 몰랐어요. 원래 술은 아버지한테 배우는 법이라잖아요."

그녀의 새초롬한 말에 독고월은 말없이 술병만 기울였다.

침묵이 내려앉았다.

모용설화는 바보가 아니었다.

그런 이가 없다는 무언의 행동이 아니고서야 뭐겠나.

"뭐, 술 잘 마시는 게 자랑은 아니지요."

모용설화가 어렵게 뗀 말문이었다.

독고월은 말없이 잔만 채우고 비웠다.

그러길 수차례.

모용설화가 눈을 흘겼다. 자신에게도 한 잔 따라줄 법도 한데, 그는 그러질 않았다.

전과 달리 독고월은 입을 꾹 다물고 있었다.

"오늘따라 왜 이리 무게를 잡으실까?"

오죽하면 모용설화가 한소리 했을까.

독고월의 눈동자가 그녀에게 머물렀다.

"어째서 따라온 것이냐?"

"……."

서문평 때문이라고 말하려던 모용설화였지만, 그런 것이 아님을 누구보다 자신이 잘 알았다. 거짓말도 잘 못했고, 그에게 거짓말을 하고 싶지 않았다. 말문을 돌렸다.

"앞으로의 행보가 어떻게 되는 데요?"

"도둑맞은 내 물건을 찾으러 가야지."

"설마요, 오라버니의 물건을 훔쳐갈 간 큰 도둑이 있어요? 전설의 신투라도 돼요?"

모용설화는 들은 말이 믿기지 않은 듯 귀를 쫑긋 세운 토끼처럼 쳐다봤다.

그게 제법 귀여워 보여 독고월은 자신도 모르게 미소 지었다.

"흠, 흠!"

맥없이 헛기침한 모용설화가 딴청을 피웠다. 자신을 바라보는 그윽한 눈망울과 미소가 왠지 모를 화끈거림을 안겨줘서다.

독고월이 그녀에게서 시선을 뗐다.

"저잣거리의 소매치기보다 못한 것들이지."

"직접 찾으러 가야 할 만한 이유가 있나 보군요."

모용설화는 더는 묻지 않았다. 독고월만의 사정이 있을 거라 짐작한 것이다. 궁금할 법도 하건만 현명한 그녀였다. 그저 창밖을 향해 물끄러미 시선을 줬다.

독고월도 그녀의 시선을 따라갔다.

여느 저잣거리처럼 평범한 풍경이 자리해 있었다.

독고월로서는 드물게 말을 많이 한 날이다. 취기를 빌려서야 겨우 쳐다볼 수 있었다.

그렇지 않으면 별빛이 담긴 눈동자를 어디 마주 볼 수나 있겠나.

독고월이 창밖으로 저잣거리를 하염없이 바라보는데, 모용설화의 목소리가 들려왔다.

"혹시 무림맹에서 주최하는 용봉대전에 나갈 생각은 없으신가요?"

"그래."

일체의 망설임도 없는 대답이었다.

모용설화의 눈빛이 어둡게 채색됐다. 내심 그가 용봉대전에 뜻이 있길 기대했지만, 지금까지 봐온 독고월은 자신을 드러내길 바라지 않았다.

혹시나가 역시나다.

용봉대전의 명예와 부상이 독고월의 관심을 끌진 못하나 보다.

"소제는 나갈 겁니다."

입구에서 들려온 목소리였다.

보지 않아도 누군지 알만했다.

서문평이 종종걸음으로 다가와 앉았다.

독고월이 술잔을 비워내며 물었다.

"인체의 혈도도 제대로 모르고, 우격다짐으로 내공만
쌓은 그 실력으로 재롱이라도 부리려는 것이냐?"

"아닙니다, 형님!"

서문평이 얼굴을 살짝 붉혔다.

"그럼 쥐꼬리만큼 나아진 실력을 확인하고 싶은 거냐?
아니면 사람 한 번 실수로 죽여보니 할만하더냐?"

"아, 아닙니다."

독고월의 신랄한 말에 서문평이 울상을 지었다. 당장에
라도 닭똥 같은 눈물을 뚝뚝 흘릴 것만 같았다.

모용설화가 나무랐다.

"말이 너무 심해요. 평이가 일부러 그런 것도 아니고,
실수인데다… 처음이었을 텐데."

"하긴, 남말할 처지는 아니지."

독고월은 조소를 흘리며 서문평을 바라봤다.

흔들리는 눈망울을 한 서문평은 평소처럼 울지 않았다.
결연한 표정으로 입을 앙다물고는 고개를 들어 눈물이 흐
르지 않도록 했다.

"평생을 잊지 않을 겁니다. 그리고 다시는 멍청한 실수를 하는 일은 없을 겁니다. 수련에 수련을 거듭할 겁니다."

의외였다.

정파의 무인은 처음 살인한 뒤, 정신적으로 불안정해진다. 소수이긴 하나 그 무게를 감당하지 못하고 칼을 놓는 일도 있었다.

어리다고 해도 강호인은 강호인인 걸까?

명문세가의 자제답게 서문평은 좌절하지도, 흥분하지도 않았다. 제 실수를 인정하고 겸허히 받아들여 나아가려 한다.

모용설화가 대견해했다.

"평아."

"그래야만 창천검(蒼天劍)의 주인이 될 자격이 있습니다!"

서문평이 결연한 표정으로 두 주먹을 불끈 쥐었다.

술잔을 들던 독고월이 멈칫했다.

그걸 본 모용설화가 고개를 갸우뚱거렸다.

"소제는 용봉대전의 부상으로 주어진다는 창천검을 가지고 싶습니다. 창천검만 있다면 소제는 존경……!"

서문평은 말을 채 끝맺을 수는 없었다. 독고월이 살 떨리는 표정으로 노려보고 있어서다.

"지금 창천검이 용봉대전의 부상이라고 했느냐?"

"네? 네, 형님."

대답하는 서문평의 어깨가 잘게 떨렸다.

퍼석.

술잔이 독고월의 손에서 박살 났다. 무시무시한 기세가
흘러나왔다.

"설화……!"

막 도착한 모용준경마저 하던 말을 멈추고 침을 삼켰다.
그 정도로 독고월의 분위기는 지금까지와 달랐다.

그럴 수밖에 없었다.

창천검은 자신 아니, 죽은 남궁일의 애검이었다.

4

용봉대전이 나흘 앞으로 다가왔다.

일행에 변화가 생겼다.

그 변화는 아민(娥珉)이란 소녀가 합류한 것이었다. 죽
은 표국주의 무남독녀였는데, 상을 치른 뒤 객잔으로 찾아
왔었다.

"서문평 소협, 소녀를 구해준 은혜를 갚게 해주세요. 돌
아가진 아버님을 따라 표행을 다닌 덕에 지리와 견문은 누

구보다 잘 안다고 자부합니다."

서문평이 난색을 지었다. 에둘러 거절하기로 마음먹었다.

"아민 소저, 표국은 어찌 놔두고 이러시오?"

"표국을 포함한 가산 모두를 정리하여 이번 표행으로 죽은 분들의 가족에게 위로금으로 전달했습니다. 그러고도 돈이 제법 많이 남는지라 괜찮으시다면 서문평 소협의 여정에 보탬이 되고자 합니다."

"하, 하지만 강호는 위험하오."

"소녀 또한 표국의 일원으로서 호신술을 익혔으니 거치적거리진 않을 겁니다. 비록 마교도에겐 못 미치는 실력이나, 제 한 몸 사릴 정도는 됩니다."

"아."

서문평은 벌린 입을 다물지 못했다.

아민은 이미 만반의 준비를 하고 왔다. 어떤 말을 해도 술술 대답할 것만 같았다.

"은인들에게 조금이나마 은혜를 갚고 싶은 소녀의 뜻을 제발 저버리지 말아 주십시오. 소협이 구해주신 소녀가 마음의 짐을 덜 수 있는 순간까지 우마가 되어 보필하겠습니다."

부담스러워 할지도 몰랐기에 한시적으로 하겠단다.

배려의 뜻이 담긴 아민의 말에 모용준경마저 피식 웃었

다. 어린 나이에 비해 조숙한 둘의 말투 때문이었다.

숫제 애늙은이들이다.

모용설화는 둘의 그런 모습이 귀여워 보였는지, 연신 방긋거리고 있었다.

고심에 빠져있던 서문평이 어렵사리 말을 꺼냈다.

"하지만 전 소저의 합류를 결정할 권한을 가진 이가 아니오."

서문평은 독고월 쪽을 흘끗 바라봤다.

누가 봐도 독고월이 일행의 우두머리라는 뜻인데.

아민의 생각은 달랐나 보다.

"소녀가 은혜를 갚을 상대는 모용준경 소협과 모용설화 소저, 서문평 소협이십니다. 하지만 귀한 분에게 방해되지 않도록 조심 또 조심하겠습니다. 부디 받아들여 주세요."

공손하게 읍까지 하는 상대의 청을 무시할 정도로 서문평은 모질지 못했다. 끝까지 독고월의 눈치를 살폈으나, 그는 일언반구도 하지 않았다.

"알겠소."

서문평의 고뇌 어린 허락에 아민은 뛸 듯이 기뻐했다.

은혜를 갚게 됐다며 눈물까지 흘리는 모습에 모용세가의 남매는 서로 마주 보고 미소 지었다.

은혜는 물에 새기고 원한은 돌에 새기는 게 요즘 강호

였다.

그렇기에 아민의 모습이 좋아 보일 수밖에 없었다.

아민은 서문평의 손을 잡고 팔짝팔짝 뛰었다.

서문평은 어색하게 뒷머리만 긁적였다.

그렇게 해서 일행에 합류하게 된 아민이었다.

독고월은 조금도 상관치 않았다. 어차피 아민을 포함한 모두를 일행으로 인정하지 않았다. 그들이 독고월 곁에서 떠나지 않고 머물러서 놔두는 거지, 일행으로 받아들인 것은 아니었다.

언제고 헤어질 인연들이다.

여기에 남은 이유는 단 하나.

용봉대전의 부상인 남궁일의 애검 창천검 때문이었다.

원래의 목적인 서문평은 조금도 중요하지 않게 됐다.

따로 불러낸 서문평에게서 독고월이란 이름을 알게 된 것이 초난희 때문이라고 듣는 순간.

독고월은 당연하다는 듯이 관심을 끊어버렸다.

초난희.

그녀는 불가해였다.

조금이라도 얽혀서는 안 되는…… 그래, 돌림병! 초난희는 그런 존재이기도 했다.

화전민촌의 참사만 해결하면 초난희와의 일은 끝이다.

고웅과 막수를 처리하고, 월광도만 찾아온다.

독고월은 용봉대전까지 남은 나흘간 이걸 해결하고 올 작정이었다.

만리추종향.

그 향의 꼬리가 독고월의 후각을 잡아끌었다.

그리 멀지 않은 위치다.

나흘이면 충분하고도 남겠지.

독고월이 자리에서 일어났다.

일행의 시선이 쏠렸다.

서문평이 종종걸음으로 다가왔다.

"형님, 어디 가시려는 겁니까?"

"알 거 없다."

독고월은 올려다보는 서문평을 지나쳤다.

모용준경이 벌떡 일어섰다.

"독고 형, 용봉대전에 참가하려면 오늘까지 접수해야 하오."

"그건 내 알 바 아니지."

"솔직히 독고 형과 겨뤄보고 싶소."

독고월의 매몰찬 대답에도 모용준경은 포기하지 않았다. 지금까지의 그답지 않게 도전적이었다.

모용설화마저 깜짝 놀랄 정도였다.

모용준경의 무공실력은 후기지수 중에 단연 발군이다. 동년배들이 모인 강호용봉회에서 적수를 찾아보기 어려웠는데, 독고월을 보고 난 뒤로 호승심이 인 것이다.

"……."

독고월이 말없이 쳐다봤다.

모용준경은 살짝 긴장했지만, 눈길을 피하지 않았다.

젊은이 특유의 호승심이긴 하나, 모용준경의 눈빛은 심유하기 그지없었다.

무례하지도 않지만, 비굴하지도 않았다.

모용준경은 독고월와의 비무를 진심으로 원했다. 그것도 많은 사람이 보는 앞에서.

"독고형을 이길 수 있다는 생각은 하지 않소. 하지만 나 모용준경은 결코, 만만치는 않을 것이오."

동생 모용설화와의 관계를 생각한 말이 아니었다.

순수한 무인의 열망.

강자의 겨루기를 바라는 젊은 무인이 독고월을 마주하고 있었다.

젊은 나이에 이룬 경지는 대단하나, 과거 절정의 끝자락에 있던 남궁일의 경지에 비해 처지는 실력이었다.

하물며 초절정의 경지에 오른 독고월인데, 맞상대는 가능하긴 할까?

웃긴 건 모용준경이 누구보다 그 사실을 잘 알고 있었다. 그럼에도 독고월과의 비무를 강렬하게 원했다. 질 걸 알면서도 부딪쳐보고 싶은 것이다.

우물 안의 개구리였던 자신을 일깨워줄 신비의 고수.

독고월.

모용준경의 꽉 쥔 두 주먹에 땀이 흥건했다.

"오라버니."

모용설화가 살며시 다가와 모용준경의 손을 감싸 쥐었다. 걱정 어린 동생의 표정에 모용준경이 한숨을 쉬었다.

"이 오라비가 너무 긴장했구나."

모용준경은 부족한 제 모습을 스스럼없이 인정했다. 그럼에도 눈빛은 죽지 않았다. 오히려 나아가려는 의지가 흘러넘쳤다.

어린 서문평마저 감탄했다.

독고월은 자신을 바라보는 모용준경과 모용설화에게서 등을 돌렸다.

모용준경의 낯빛이 좋지 않았다.

이렇게까지 말했는데도, 안 되는가.

모용준경은 씁쓸히 미소를 지었다. 하나뿐인 동생 모용설화가 어깨를 두드려줬지만, 쓰린 속이 달래지진 않았다.

"본인이 독고형에게 쓸데없는 소리를 했소. 남들 앞에서는 것을 싫어하는 걸 알면서도 무리한 부탁을 했소. 독고형 미안하……."

"닷새 뒤면 되겠지."

흘리듯 남긴 독고월의 말이었다. 닷새 뒤라면 용봉대전이 끝난 뒤였다.

그 말인즉슨!

용봉대전이 아니라면 상대해주겠다는 소리다.

모용준경이 고개를 바짝 치켜들었다.

"독고 형!"

탁.

희열마저 느껴지는 부름에도 독고월은 말없이 신형을 박찼다.

서문평을 비롯한 모용설화는 어디 가느냐고 말 붙일 새도 없었다. 닷새 뒤에 모용준경을 상대해준다는 말을 위안 삼아 기다리기로 했다.

"이럴 때가 아니구나. 시간이 부족하다."

모용준경은 잔뜩 흥분한 얼굴로 방으로 들어갔다. 그가 오기 전까지 자신의 수준을 조금이라도 끌어올릴 작정이었다.

"오라버니, 그럼 용봉대전은?"

모용설화가 모용준경을 붙잡았다.

"그깟 용봉대전이 무슨 소용이냐? 일생에 한 번 있을까 말까 한 비무를 앞둔 나다. 최적의 몸 상태로 유지해야 함이 마땅하지."

"뭐어? 아버지한테는 뭐라 말하려고?"

"난 모른다, 그런 사람."

내실로 들어가면서 한 오라버니의 답변에 모용설화는 이마를 손으로 짚었다.

지금 무슨 말을 해도 통하지 않을 것이다.

독고월과의 비무만이 머릿속에 들어찬 모용준경이었다.

애초에 그런 목적으로 그의 곁에서 맴돌았으니까.

난처한 상황에 모용설화가 한숨만 내쉬고 있을 때.

이상한 말이 들려왔다.

"이로써 창천검은 내 차지입니다."

"무슨 말씀이세요?"

아민이 되묻자 서문평은 양손으로 입을 가렸다. 모용설화의 입장을 배려해 함박웃음을 어떻게든 감추려는 것인데, 결론적으로 무의미한 짓이었다.

"평아, 눈이 좋아죽겠다는 듯이 웃고 있잖니?"

모용설화가 눈을 흘겼다.

서문평은 얼른 등을 돌렸지만, 그 작은 등은 연신 들썩였다.

숫제 맡아놓은 제 검을 찾으러 온 사람 같았다.

모용설화는 저 철없는 아이에게 현실을 알려줄까 하다가, 야무진 꿈이라도 꾸게 놔두기로 결론지었다.

꿈은 어린애의 특권이니까.

第 10 章

第 10 章.

1

놈들을 잡고 돌아오는데 넉넉잡고 사흘 잡았는데 그럴 필요가 없었다.

찾는데 하루도 안 걸렸다. 섬전행과 만리추종향 덕분이었다.

어둠이 내려앉은 장원의 입구.

그 앞에 선 독고월이 기감을 넓혔다.

약 백여 명의 기척이 느껴졌다. 당연히 고산채와는 비교도 안 되는 수준의 무인들이 즐비했다.

이곳이 강호의 암중세력인 흑야의 본거지일까?

아니어도 상관없었다.

빠르게 이놈들을 정리하고, 월광도를 찾아 돌아간다.

독고월은 이곳에서 소기의 목적만 달성하고 떠날 작정이었다.

흑야란 단체를 일망타진하고자 하면 못할 것도 없지만, 지금은 그러고 싶은 마음이 없었다. 흑야란 놈들이 무슨 목적이 있든지 자신이 알 바가 아니었다.

어차피 흑야란 놈들에겐 화전민촌에서 살아남은 처녀들이 중요하진 않을 테니까.

덜컹.

독고월이 대문을 열어젖혔다.

횃불로 밝혀진 장원에 무인들이 늘어서 있었다.

하나같이 흑의장포로 몸을 감싼 그들의 기세는 사뭇 대단했다.

불청객의 방문이었다.

웬 놈이냐고 물을 만도 했다. 한데 놈들은 말없이 독고월을 바라보고 있었다.

괴괴한 침묵이 내려앉았다.

독고월이 그들을 향해 걸으면서 비틀린 미소를 지었다.

"이것들 봐라. 마치 내가 올 걸 예상한 얼굴이잖아?"

"당연하지 않은가."

무인들이 쫙 갈라진 틈으로 한 초로인이 나왔다.

독고월의 눈빛이 변했다. 초로인의 양손에 들린 그것들 때문이었다.

뚝— 뚝—

피가 흙바닥 위로 떨어져 내렸다.

"우릴 너무 우습게 보지 말게나. 만리추종향을 구분 못
할 정도로 어리석지 않다네."

초로인이 양손에 든 걸 던졌다.

툭, 툭.

땅에 떨어진 그것들이 독고월의 발치 앞까지 굴러 왔다.

사람의 머리통이었다.

산발 된 머리에 부릅떠진 눈이 원통하다는 듯이 독고월
을 노려보고 있었다.

죽은 고옹과 막수였다.

"……."

"이제 쓸모를 다했으니 살려둘 이유가 없지."

초로인 담적(談荻)이 손을 들었다.

흑의인들이 독고월을 에워쌌다.

손이라도 대면 베일 듯한 날카로운 눈빛들이 독고월에
게 꽂혔다.

"어디 강호에 소문난 대로 얼마나 대단한 실력을 지녔
는지 견식이라도 해보도록 하지. 준비는 됐나?"

스르릉.

흑의인들이 일제히 발검했다.

좌악!

흑의인들이 검을 치켜들자, 검면에 횃불이 반사됐다.

일렁이는 금빛이 당장에라도 독고월의 몸을 찢어발길 것만 같았다.

바로 시작하라고 외치려던 담적이 멈칫했다. 독고월이 손을 들어서다.

"왜 남길 유언이라도 있는가?"

"내 도는?"

뜬금없는 독고월의 말이었다.

담적은 희미하게 미소 지었다.

"적에게 무기를 돌려줘야 할 이유가 있던가?"

"암중세력의 수장이라면 그 정도 배포는 있어야지."

"아쉽게도 본인은 배포 큰 암중세력의 수장이 아니네. 일개 당주에 불과하지."

담적의 말에 독고월은 내심 놀랐다. 기감으로 살펴본 바로 그는 죽은 남궁일과 별반 차이가 없는 최절정의 경지에 오른 무인이었다.

그런데 일개 당주라고?

주위에 포진한 흑의인들도 일개 당원이란 소리인데.

역시 이들도 어지간한 문파의 당주 급이었다.

흑야란 단체가 생각보다 대단함을 알 수 있는 대목이었다. 혼자 일망타진할 수 있다는 생각을 정정해야겠다. 당연히 그런 마음은 먹지도 않았다.

마침 담적이 음산한 목소리로 말하고 있었다.

"하지만 자네를 상대하는 데 부족함은 없을 것일세. 말이 길어졌군. 시작함세."

대화는 끝이라는 말에도 독고월은 들은 손을 내리지 않았다.

"그러지 말고 쓰는 선심 좀 더 써봐. 혹시 알아? 내가 마음이 바뀌어서 네놈들을 살려두고 갈지."

"광오하군. 우리를 상대로 그런 여유를 부리다니."

"여유를 부릴 만하니깐 부리는 거다. 약속하지. 내 도만 내놓으면 그냥 가주지. 괜히 개죽음 당할 필요 없잖아?"

"뭐라?"

담적이 백미를 일그러트렸다.

흑의인들의 기세가 더욱 사나워졌다.

독고월은 그런 분위기에도 아랑곳하지 않았다.

"너희가 바라는 게 강호전복이겠지? 무시무시한 암중세력답게 야무진 꿈 정도는 있을 테니까 말이야. 한데 말이다. 난 너희가 강호를 갈아엎든지 먹어치우든지 관심이 없는 사람이야. 그러니 서로 힘 빼지 말자고."

"……."

담적은 할 말을 잃었다. 들린 소문대로라면 놈은 정파 강호의 동량지재라고 평가받는데다, 남궁일의 뒤를 이을 대협객이 될 재목이라며 주목받는 중이었다.

그런 놈이 이러고 떠든다.

"난 귀찮은 건 딱 질색이지. 괜한 분란 일으키며 피곤하게 사느니 그냥 맘 편하게 강호를 주유하면 돼. 그러니 말로 하는 게 어때? 아까도 말했듯이 내 도만 주면 돌아가지."

"......"

"너희가 왜 고산채를 시켜 화전민촌을 습격했는지 이젠 내 알 바 아니란 소리야. 그러니 괜한 헛짓거리 해서 죽을 자리 미리 선점하지 말고, 내 도만 내놔. 너희가 뭔 짓을 해도 상관 안 할 테니."

"크하하하!"

담적이 느닷없이 박장대소했다.

둘러싼 흑의인들마저 실소할 정도였다.

한참을 웃다 멈춘 담적의 눈동자에 살기가 일어났다.

"이런 어처구니 없는 젊은이를 봤나. 우리를 우습게 보는 것도 모자라, 능멸하다니. 본 당주가 진정으로 우습게 보였구나."

독고월이 피식 웃었다.

"별로 우습진 않지. 너희가 제법인 건 사실이니까. 하지만 누군가한테 휘둘리는 거지 같은 기분을 더 이상은 느끼고 싶지 않거든. 해서 너희가 뭔 짓을 하든지 상관하지 않을 작정이야. 강호를 쌈 싸먹든 말아먹든 맘대로 해. 내 도만

내놓으면 이대로 물러나 준다니까? 이거 상당히 파격적인
제안이라고."

"이것 참!"

담적이 껄껄 웃고는 흑의인 중 하나에게 눈짓했다.

흑의인이 신형을 날렸다.

곧 나타난 흑의인이 담적 앞에 도 하나를 내려놓았다.

독고월의 월광도였다.

거무튀튀한 날 없는 도를 쓸어보는 담적의 눈빛이 기이
하게 빛났다.

"만리추종향까지 묻혀놓은 이게 명도(名刀)란 건 보자마
자 알았다네. 그래서 좀 조사해봤지."

"그저 쇠몽둥이에 불과한 걸, 조사하는 헛수고까지? 별
쓸데기없는 데에 심력을 쏟는 얼간이였군."

독고월의 이죽거림에 담적의 눈에서 불똥이 튀었다.
하지만 연륜이 깊었는지 숨을 한차례 몰아쉬는 걸로 참
아냈다.

격장지계에 넘어가기엔 보낸 세월이 울었다.

"…어찌 됐든 알아봤는데, 이거 정말 놀랍더군. 이 쓸모
없는 쇠몽둥이가 과거 천하제일도라 불렸던 천구패의 애
병이라니! 정말이지 놀랐다네."

"……."

독고월은 월광도를 살피는 담적의 눈에서 탐욕을 읽었다.

그랬기에 무슨 말을 물어올지 뻔히 알았다.

"설마 갑작스레 등장한 강호의 신성이 천구패의 애병, 월광도의 주인이라니, 우연도 이런 우연이 없지. 젊은데도 실력이 출중한 이유가 여기에 있음을 깨달았다네. 허허!"

너털웃음을 터트린 담적이 이어 물어왔다.

"천구패의 비급, 자네가 갖고 있겠지? 아아! 아니란 소린 하지 말게나. 애병인 월광도를 가지고 있다는 말은 천구패의 유일한 의발전인이란 소리니까."

"……."

독고월은 침묵을 택했다.

담적은 그걸 긍정으로 받아들였다. 그래서 월광도를 들어 독고월을 가리켰다.

"천구패의 비급이 어딨는지 말하게나. 그러면 혹시 아나? 지금까지의 무례는 용서해주는 건 물론 목숨까지 살려줄지? 어떤가 이 정도면 파격적인 제안 아닌가?"

독고월이 했던 말을 그대로 돌려주는 담적의 말이었다.

독고월은 고개를 절래 흔들었다.

"욕심이 화를 부른다는 말이 있지."

"그건 자네에게도 적용되는 말일세."

"글쎄, 누구에게 적용될지는 확인해보면 알겠지."

독고월이 환한 미소를 지었다.

담적은 왠지 모를 불길함을 억누르고 미간을 찌푸렸다.

"정녕 혼쭐이 나야……!"

2

우르릉!

느닷없는 날벼락 소리에 흑의인들이 대경실색했다. 그리고 퍽— 소리와 함께 뒤로 훨훨 날아가는 신형을 보고 또 한 번 놀랐다.

"크악!"

담적이 단 한방에 튕겨져나간 것이다.

금방 전까지 담적이 서 있던 자리엔 독고월이 서 있었다. 가볍게 때린 손을 턴 독고월은 땅에 떨어진 월광도를 쥐었다.

어두운 밤하늘 아래 거무튀튀한 도신이 음울하게 빛났다.

<u>흐흐흐.</u>

월광도가 반갑다는 듯이 우는 것만 같았다.

독고월은 인상을 그었다.

"이런 재수 없는 도가 명도라고? 요도(妖刀)가 맞겠지."

"쳐라!"

말이 끝나기 무섭게 흑의인들이 불나방처럼 달려들었다.

슈슈슈슈슈슉!

사방에서 절제된 검초식이 짓쳐 들었다.

그 기세가 과거 고산채의 녹림도는 물론, 냉검대의 무인들과는 비교조차 되지 않았다.

하나같이 냉가장이 자랑하는 냉검대주 공영만큼의 실력을 지니고 있었다. 일개 당원이라기에 과하다 싶을 정도였다.

깡!

코앞으로 다가온 검을 쳐낸 독고월의 눈빛이 반짝였다.

"감히이이!"

불의의 일격을 당한 성난 담적의 음성이 들려왔다.

괴산이귀나 사공찬 따위들보다 훨씬 강한 자다.

독고월의 빛살 같은 주먹질을 받아낸 담적이었다. 충격을 해소하기 위해 몸까지 뒤로 날렸다. 한데 그 여력을 해소하지 못하고 장원의 집 하나를 부수고 들어가고 말았다. 전신이 먼지범벅이 된 담적이 흉흉한 기세를 줄기차게 품어내고 있었다.

"제법이야, 늙다리."

독고월이 순수하게 칭찬해주자, 담적이 대로했다. 조롱으로 여긴 것이다.

"본 야의 무서움을 철저히 깨닫게 해줘라!"

"존명!"

우렁차게 답한 흑의인의 검이 독고월의 정수리를 노리고 떨어져 내렸다.

샤아악!

독고월은 받아내는 대신 한 발짝 물러서 피했다.

기다렸다는 듯이 사방팔방에서 예기가 쏟아졌다.

흑의인들의 합격술 수준은 꽤 좋았다. 개개인의 실력도 좋고 천편일률적인 무공실력 덕분이었다. 마치 정형화된 틀에 찍어낸 것처럼 실력차이가 거의 없었다.

똑같은 무공을 익히고 비슷한 내공수위를 지니고 있다라.

흑의인들과 손속을 섞어 본 독고월은 가정해봤다.

만약 냉가장의 정예와 맞붙는다면? 아니, 무림맹의 핵심타격대라면?

전자는 이들의 압승이고, 후자는 신승이었다. 물론 이것도 담적이 합세하지 않았을 경우였다.

퍼억!

독고월은 막 등을 찌르려던 흑의인의 얼굴을 발로 걷어 찼다.

"크악!"

고개가 뒤로 확 꺾인 흑의인이 이를 악물고 참아냈다.

일격에 목이 부러졌다. 그럼에도 흑의인은 검을 뻗어왔다. 눈깔이 까뒤집히며 죽는 순간에도 공격을 멈추지 않는 것이다.

"호오."

독고월은 그마저도 가볍게 피하며 다른 흑의인의 공격을 월광도로 쳐냈다.

흑의인들은 한 치의 물러섬도 없이 공격을 퍼부었다.

휘익!

목이 부러져 죽은 흑의인까지 날아왔다. 어떻게든 독고월의 발목을 잡으려고 놈의 동료가 던진 것이다.

정파무인에게 볼 수 없는 잔혹한 심성이었다.

파앙!

독고월은 피식 웃으며 발을 굴렀다. 몸이 공중으로 띄워졌다.

쉬쉬쉬쉭!

괴이 신랄한 검법들이 독고월이 있던 자리를 할퀴었다.

"위다!"

공중에 뜬 독고월을 향해 흑의인들이 경공술을 펼쳐 달려들었다.

독고월의 도가 크게 휘둘렸다.

까가가강!

그 느릿한 칼질에도 검들이 일제히 튕겨져나갔다.

숫제 수준이 달랐다.

흑의인들은 포기하지 않았다.

"크윽! 계속해서 공격하라!"

슈슈슈슈슉!

기다렸다는 듯이 이어진 암기의 비.

빛살처럼 날아드는 암기의 정체는 독 묻은 비수였다. 어지간한 고수는 피하지 못할 정도로 비수의 수는 많았다.

"흥!"

독고월은 어지간한 고수가 아니었다. 공중에서 천근추의 수법을 발휘해 신형을 떨어트렸다.

"죽여랏!"

밑에 있던 흑의인들이 기다렸다는 듯이 일제히 위로 검초를 펼쳤다. 검기마저 어린 검들에 독고월의 몸은 걸레짝이 될 것만 같았다.

흑야란 조직의 규모가 어떤지 몰라도 일개 당의 수준치고 높았다. 어지간한 중소문파 하나쯤은 찜쪄먹을 실력은 되었다.

단일세력으로 최강인 마교에 비해 어떨지 모르나, 그보다 세가 약한 무림맹이나 흑도맹 정도의 연합체 정도는 상대할 수 있을 성 싶었다.

독고월은 발밑을 뚫고 들어오려는 검봉을 밟았다.

그 검을 든 흑의인의 눈빛이 환해졌다. 자신의 검이 발을 뚫고 들어가 다리를 찢어버릴 것을 의심치 않았다.

"좋아하긴 이르지."

독고월은 경공술을 발휘했다. 은은한 검기를 머금은 검봉을 디딤돌 삼아 신형을 번개처럼 쏘았다. 의복에 묻은 먼지를 털고 있는 담적을 향해서였다.

여유를 부리고 있던 담적의 얼굴이 일그러졌다.

"오냐, 본 당주가 네놈을 직접 처단해주마!"

좌수검.

극도의 쾌검을 구사하는 담적답게 검병을 잡는 순간!

검광이 번쩍였다.

스아악!

담적의 검이 독고월의 신형을 갈랐다. 아니, 그래 보였다. 가른 건 독고월의 잔상이었다.

독고월의 신형은 이미 담적을 지나쳐 등 뒤를 점하고 있었으니까.

"허억!"

대경실색한 담적을 향해 독고월이 나직이 읊조렸다.

"천구패의 비급은 이미 불태웠다. 하지만……."

"뭐, 뭐라?"

담적이 순간 당황했다.

쉬이익!

그 와중에도 급격히 신형까지 반전시켜 검을 휘둘렀지

만, 등짝에 닿은 독고월의 발이 먼저였다.

뻐엉!

걷어차인 담적이 득달같이 달려드는 흑의인들을 향해
날아갔다.

"크아악, 이노오옴!"

개처럼 걷어차인 탓에 담적은 날아가면서도 두 눈을 부
릅떴다. 고통보다 받은 치욕이 더 컸다.

흑의인 둘이 얼른 담적을 받아냈다.

나머지 흑의인들은 독고월을 쫓았다.

독고월은 담적을 걷어찬 반동으로 벽이 반쯤 부서진 집
의 지붕 위로 올라갔다.

탁.

그곳에 선 독고월이 월광도를 양손으로 들어 올렸다.

어두운 밤하늘에 뜬 반월이 월광도에 걸린다.

상단세를 취한 독고월이었다.

슈슈슈슈슉!

흑의인들이 일제히 암기를 던졌다.

수백 발의 암기가 독고월을 향해 쏟아졌다.

타앗!

독고월이 땅을 박찼다. 밤하늘 위로 몸을 띄운 것이다.

파바바바바박!

암기들이 독고월이 있던 지붕 위를 수놓았다.

"이 미꾸라지 같은 놈!"

신출귀몰한 그의 경공술에 이를 악문 흑의인들이 검을 들어 던지려는 순간!

독고월이 요요한 미소를 지었다.

"…보여줄 수는 있지."

반월 위에 뜬 월광도가 멋들어지게 휘둘렸다.

제이도 반월도(半月刀).

육도낙월이 세상에 다시 모습을 드러낸 것이다.

슈아아아아아악!

달려드는 흑의인들을 향해 반월의 검기가 다발로 쏟아져 내렸다. 제일도 삭월보다 배는 많은 양이었다.

일진광풍도 몰아쳤다.

"피, 피해!"

달려들던 흑의인들이 경각심에 뿔뿔이 흩어졌지만.

이미 늦었다.

콰콰콰콰콰쾅!

반월의 검기가 이미 그들을 살과 뼈를 가르는 것도 모자라 장원을 초토화하고 있었다.

"으아아아아!"

온 내공을 다해 검기를 일으켜 대항하는 놈들도 있었지만, 무모한 짓이었다.

육도낙월의 반월은 반항을 허용치 않았다.

"마, 말도 안 돼!"

담적은 독고월이 펼친 어마어마한 공세에 침음마저 흘렸다. 넋이 나간 그의 눈동자에 반월을 닮은 검기가 점점 확대되고 있었다.

3

말 그대로 몰살이었다.

천참만륙(千斬萬戮)이 난 시신이 이와 같을까.

세로로 두 동강이 난 담적은 아주 양호한 편이었다. 흑의인들의 시체는 형체를 알아볼 수 없을 정도로 넝마가 되었다.

정파의 강호인이 봤다면 하루 온종일 구역질을 하고도 남을 목불인견의 참상이다. 모용준경은 어떨지 모르나, 서문평이나 모용설화는 보지 못할 참혹한 광경이었다.

독고월은 무감각한 시선으로 장내를 쓸어봤다.

"확실히 삭월보다 위력은 배군. 숨이 붙어있는 자는 없고."

그에게선 일말의 죄책감 같은 건 조금도 느껴지지 않았다. 그저 월광도를 달빛에 이리저리 비춰볼 뿐이었다.

월광도.

과거 고산채에서 삭월을 펼친 일반 박도와 비교를 불허했다. 독고월의 내공에 박살 나지 않고 견뎌 내는 건 물론 위력까지 배가시켜준 듯한 느낌이다.

"……."

월광도에서 으스스한 한기마저 느껴진다.

과거 내공을 쓸 수 없을 당시 독고월이 일격에 대호의 숨통을 거둘 수 있었던 것도 이 덕분인 걸까?

독고월은 달빛을 진하게 머금은 월광도를 홀린 듯 바라보았다.

휘이이잉.

음산한 바람이 장내를 쓸었다.

비릿한 혈향이 코끝을 자극했다.

독고월이 고개를 저었다. 천구패 선배의 넋이라도 서렸는지, 눈을 떼기가 어려웠다.

고웅과 막수는 죽었고, 그 배후로 보이는 흑야의 당 하나를 일망타진했다. 월광도도 찾았겠다. 남은 건 돌아가는 것뿐이었다.

"후우."

독고월은 자리를 뜰까 했지만, 문득 든 호기심에 한숨을 내쉬었다. 호기심이 명을 재촉한다는 강호의 격언이 떠올랐다.

지금의 자신을 해할 상대가 있긴 한 걸까?

독고월은 엉망이 된 장내를 바라봤다.

어지간한 문파를 끝장내고도 남을 전력을 단숨에 작살 냈다.

의문이 들었다.

권장에 산악이 무너지고, 진각에 대지가 요동치고, 일갈에 산천초목이 부들거리고, 형형한 그 눈빛은 만인을 벌벌 떨게 하고도 남을 초절정 무인이라고 해도!

이런 신위를 보일 수 있을까 싶었다.

남궁일의 몸에서 셋방살이할 당시에 봤던 초절정 무인을 떠올려봤다.

무림맹주부터 해서 천하오대세가의 가주들, 흑도맹주와 암흑삼객, 마교주와 십대마장까지.

직접 겨뤄보진 못했으니 그들의 진신무공을 견식 할 기회는 없었지만, 어느 정도 들은 풍문은 있었다. 아무리 소문이 과장되는 법이라고 해도, 이런 목불인견의 참상을 연출했다는 소문은 듣질 못했다.

하물며 이들은 삼류나 다름없는 낭인도 아니었다. 어지간한 중소문파는 찜쪄먹을 실력자들이었다. 거기다 독고월은 육도낙월의 대성을 이루지도 못한 상태고.

그런데도 이런 어마어마한 위력이라니.

"이것 참, 강호와 동귀어진하는 것이 천 선배의 야무진 꿈이라고 생각했는데. 육도낙월을 감당할 내공만 있다면 정말 꿈만은 아니겠군."

독고월은 스스로 말하고도 객쩍은 농이라고 여겼는지
쓴웃음을 지었다. 참혹한 광경에서 시선을 떼고 장원의 내
부를 둘러보기로 마음먹었다.

벌컥.

장원에 자리한 호화로운 안채의 문을 열어젖혔다.

등불이 일렁이는 내부는 외양과 달리 생각보다 단출했
다. 하지만 일하는 시비라든지 인부와 같은 양민들은 눈에
띄지 않았다. 밖에 보이는 일꾼들의 숙소에도 인기척은 느
껴지지 않았다. 이 정도의 장원을 운영하려면 당연히 관리
하는 인원이 필요할 텐데 없었다.

미리 피신이라도 시킨 걸까?

독고월은 의아해하면서 발걸음을 옮겼다.

내실은 조금 전까지 관리를 받은 양 흐트러짐 하나 없었
다. 밖의 참상과는 동떨어진 모습이었다.

"설마하니 놈들이 청소했을 리 만무한데 말이야."

검 대신 총채와 걸레를 든 흑의인의 모습들이 상상이 되
질 않았다.

벌컥.

이번에 또 다른 내실의 문을 벌컥 열어젖혔다.

"……!"

독고월이 미간에 내천자를 그렸다.

천인공노할 광경이 안에 펼쳐졌다.

인부들과 시비들의 주검이 한데 뒤엉켜 있었다. 피도 채 식지 않은 걸 보아 죽인 지 얼마 되지 않았다.

독고월은 기감으로 살아있는 사람이 있나 살펴봤다. 철두철미한 놈들답게 하나같이 숨통은 모조리 끊겨 있었다. 흑야란 놈들에게도 무공을 모르는 양민의 목숨은 파리목숨보다 가벼운 법인가 보다.

"하긴, 나도 놈들과 별다를 게 없으니 사돈 남 말 할 처지는 아니지."

독고월은 내실의 문을 도로 닫았다.

비릿한 혈향이 닫힌 문틈 사이로 새어나왔지만, 이미 코가 마비된 터라 눈살조차 찌푸려지지 않았다.

저벅저벅.

길고 긴 복도를 지나갔다. 바깥채들은 볼 것도 없었다. 남은 내실은 하나였다. 장원의 위치상 심처에 해당하는 곳이었다.

지금까지 얻은 소득은 없었다.

딱히 뭘 원한 건 아니었지만, 자신의 궁금증을 해갈해줄 단서를 바란 건 사실이었다.

이를테면.

독고월이 올 걸 예상이라도 한 듯한 분위기라든지, 화전민촌 참사와 관련된 단서를……

"아니지, 그런 건 내 알 바 아니지."

독고월은 애써 부정을 해보지만, 궁금증이 자꾸 고개를 쳐드는 건 막을 수가 없었다. 지금도 마지막 남은 내실을 향해 거침없이 나아가는 중이다.

덥석.

독고월이 문고리를 잡은 손아귀에 힘을 주었다.

"……."

순간 멈칫한 독고월.

안에 뭔가 있음이 분명했다.

왠지 모를 불길함이 엄습하였다.

이대로 확인하지 않고 돌아가면 더이상 이들과… 더 정확히는 초난희와 엮일 일은 없는 걸까?

이대로 문을 연다면 누군가에게 휘둘리는 이 더러운 기분의 정체를 알 수 있지는 않을까?

선택의 기로.

독고월은 장고에 빠졌다. 문을 열고 싶은 욕망과 그러고 싶지 않은 욕망의 갈림길 앞에 놓인 것이다.

일다경이 흘렀다.

독고월의 이마에 땀이 송골송골 맺혔다.

이성은 이쯤하고 돌아가자며 아우성을 쳤고, 본성은 문을 열고 들어가라며 재촉해댔다.

벌컥!

본성이 승리했다. 독고월의 호기심이 주효한 것이다.

어두컴컴한 내부가 반겨줬다.

밀실이 이와 같을까.

내부엔 창문 하나 없었다. 달빛 한 점 들어오지 못할 정도다. 물론 어둠은 독고월에게 제약이 아니었다. 한낮에 보는 것처럼 내부를 샅샅이 살펴볼 수 있었다.

저벅저벅.

독고월이 지금까지와 달리 안으로 들어섰다. 대충 둘러보는 것도 아닌 그의 시선은 어느 한 지점에 고정되어 있었다.

형형한 눈빛은 앞을 뚫어져라 바라보는 중이다.

불끈.

주먹 쥔 독고월의 손바닥은 이미 땀으로 흥건했다. 지금껏 단 한 번도 겪어보지 못한 긴장감 덕분이었다.

정체되어 있던 방 안의 공기가 일렁였다.

저벅.

괴괴한 침묵을 깨는 발걸음소리.

그 발걸음소리의 목적지는 침상이었다.

"죽다 살다 보니 별일을 다 겪는군."

독고월이 흘린 말소리에도 미동하지 않았다.

뭐가?

침상에 앉아 등 돌리고 앉은 인영을 말하는 것이었다.

어둠 속에서 미동도 하지 않고, 숨소리조차 내지 않는 인영이 주는 괴기함이라니.

새하얀 천으로 머리끝부터 발끝까지 감싼 탓일까?

독고월은 그답지 않게 주저했다. 등 돌린 인영을 향해 손을 천천히 뻗었지만 느리다.

이제 그만하면 됐다고 이성은 재촉하나, 본성은 계속하라고 떠밀었다.

덥석.

기어코 어깨로 짐작되는 부위에 손을 댄 독고월.

새하얀 천이 스르르— 미끄러졌다.

억눌린 신음 같은 말이 독고월의 입에서 흘러나왔다.

"…이게 대체."

천에 의해 가려진 인영은 도저히 있어서도 안 됐고, 존재해서는 안 되는데.

버젓이 눈앞에 앉아 있는 것도 모자라, 손에 잡혔다.

초난희.

바로 그녀가 자신을 바라보고 있었다.

〈3권에서 계속〉